EIN DEAL MIT DEM MILLIARDÄR

MÄCHTIGE MILLIARDÄRE, BUCH 4

JESSA JAMES

Ein Deal mit dem Milliardär
Copyright © 2017 by Jessa James as Das Geburtstagsgeschenk

Alle Rechte vorbehalten. Kein Teil dieses Buches darf in irgendeiner Form oder mit irgendwelchen Mitteln, elektronisch, digital oder mechanisch, reproduziert oder übertragen werden, einschließlich, aber nicht beschränkt auf Fotokopieren, Aufzeichnen, Scannen oder durch irgendeine Art von Datenspeicherungs- und Datenabfragesystem ohne ausdrückliche, schriftliche Genehmigung des Autors.

Veröffentlich von Jessa James
James, Jessa
Baby Daddy; Ein Deal mit dem Milliardär

Coverdesign copyright 2020 by Jessa James, Autor
Images/Photo Credit: Deposit Photos: xload; 4045qd; Ssilver

1

yatt Preston

WÄHREND ICH DIE Einfahrt des Country Clubs entlangfuhr, konnte ich nur daran denken, dass es tatsächlich so etwas wie zu viel Geld gab. Musste das Gras wirklich so grün sein? Ich meine, in Afrika haben Kinder nicht genug Wasser und die die reichen Pinkel hier machen sich Sorgen über einen trockenen Grashalm? Menschen und ihre Prioritäten. Ich konnte nur noch mit den Schultern zucken und parkte meinen Wagen vor dem Parkservice. Ein Teenager kam mir entgegen und man konnte sehen, dass er nicht gerade begeistert war. Vermutlich durfte er normalerweise Sportwagen und Cabrios parken. Sorry Kid, dachte ich, als ich ihm meinen Schlüssel zuwarf.

Ich lief die Marmortreppe hinauf und musste lächeln, als ich das Schild sah: „Victoria 'Tori' Elliott Geburtstagsfeier: im großen Saal." Gott, ich bekam schon von ihrem Namen weiche Knie. Ich arbeitete jetzt seit ein paar Jahren in der Finanzabteilung von Buchanan Industries, seit ich mit dem College fertig war. Ich wurde dank meines besten

Freundes, Jeffrey Buchanan, eingestellt und traf Tori am zweiten Tag. Sie war persönliche Assistentin in der Geschäftsführung, aber ich könnte schwören, dass es ihr eigentlicher Job war, mein Herz zum Aussetzen zu bringen, wenn sie einen Raum betrat. Sie wusste nicht einmal, dass es mich gab oder sie ignorierte mich, weil sie glaubte ich sei zu jung und dumm. Sie lag damit nicht ganz falsch.

Ich war erst 24, aber ich wusste, dass meine Augen älter aussahen. Die meisten Frauen im Büro hatten gesagt, dass mein Babygesicht nicht zu meiner alten Seele passte. So ist es halt, wenn man Pflegekind ist und keine heile Familie oder ein richtiges Zuhause hat. Aber ich dachte mir dies interessiere niemanden und ging durch die doppelflügelige Mahagonitür in den Saal. Carter, der ältere der Buchanan Brüder und Toris Boss, hatte es sich nicht nehmen lassen, die Feier zu Ehren seiner persönlichen Assistentin auszurichten. Genauso wie seine Verlobte, Emma.

Überall waren Tulpen und ich gratulierte mir dazu, dass ich meine Allergietabletten am Morgen genommen hatte. Die Stuhllehnen hatten einen voluminösen Stoffbezug, seidig glänzende Tische und überall funkelten Lichter. Selbst als Mann entging mir die Schönheit der Dekoration nicht. Sie war fast so schön wie die Frau, die, umgeben von ihren Kollegen, neben dem Tisch mit den Vorspeisen stand. Gott, wie sie strahlte.

Ihr kastanienbraunes Haar floss ihren Rücken hinab, ein seltener aber geschätzter Anblick, wenn man meinen

Schwanz fragte. Sie trug eine dünne violette Bluse und eine Hose mit endlos hohen Fick-mich-Absätzen, dass mir die Tränen kamen. Die dunkelbraunen Augen schlossen sich, als sie über den Witz eines Schnösels aus der Datenverarbeitung lachte. Toris Zähne waren strahlend weiß, perfekt und die Farbe in ihrem Gesicht schob ich auf den Inhalt ihres Champagnerglases. Was immer es auch war, es sah gut aus. Ich holte tief Luft und versuchte cool zu wirken, während ich meine Haare glattstrich, was völlig überflüssig war.

Ich wollte gerade meinen Kragen richten, als mir einfiel, dass ich keine Krawatte trug. Ich war wirklich dankbar dafür, dass Jeff mich darauf hingewiesen hat, dass es nicht zu formell sein würde und ich trug deshalb meinen kobaltblauen Anzug mit meinem weißen Leinenhemd. Keine Ahnung was kobaltblau eigentlich für eine Farbe war, aber die Frauen starrten mir häufiger in meine dunklen, ozeanblauen Augen, wenn ich diesen Anzug trug. Ich hoffte, dass Tory auch seinem Charm erliegen würde. Oh Mann, wem willst du was vormachen, Wyatt?

Schwachkopf, der ich war, ging ich auf den Tisch mit den Vorspeisen zu, kniff dann meinen Schwanz ein und begann Kollegen zu begrüßen anstatt dem Geburtstagskind zu gratulieren. Ich führte ein paar Gespräche und versuchte mich der Gruppe Frauen rückwärts zu nähern. Ich hoffte, mich genau im richtigen Moment umdrehen zu können, um dann direkt Blickkontakt mit ihr zu haben. Ich war für einen Moment abgelenkt, als Carter und Emma zu meiner Gruppe traten und alle begrüßten. Emma sah großartig aus – fast so strahlend wie Tori und Carter hatte seine Hand besitzergreifend an ihrer Taille.

Ich stelle mir für einen Moment vor, Tori so zu halten, als Carter und Emma ihr Gespräch unterbrachen und mich anstarrten. Ich schüttelte den Kopf und wandte mich wieder dem Gespräch zu. Cool bleiben, Wyatt!

„Geht es dir gut Wyatt?", fragte Emma und legte ihre Hand auf meinen Arm.

„Ja. Es geht mir super. Ich glaube, ich muss nur etwas essen", murmelte ich und wandte mich dem Essen zu. Das letzte, was ich jetzt noch brauchte war, dass alle glaubten, ich würde ohnmächtig werden. Carter schmunzelte und zwinkerte mir wissend zu, während er über seine Schulter nach Tori sah.

„Das Geburtstagskind wartet bestimmt schon darauf, dass du ihm gratulierst, Wyatt. Beweg deinen Arsch darüber", brummte er mir zu und ich merkte, dass ich rot wurde. Scheiße, dein Boss weiß, dass du verknallt bist und du bist zu feige etwas zu unternehmen! Ich sammelte mich ein wenig, nickte Carter zu und machte mich auf den Weg zu Tori. Ich achtete aber darauf, dass ich zur Not einen Fluchtweg hatte, falls wir Blickkontakt haben sollten und meine Nerven versagten.

Gerade als ich mich aus sicherer Entfernung näherte, hörte ich, wie die Frauen in ihrer Runde begannen zu mit viel ooh und ahh das Handy einer Kollegin zu bewundern. Sie zeigte allen Fotos von ihrem Neugeborenen und ich musste lächeln. Was sollte ich sagen? Ich liebte Kinder. Ich beschloss die Damen noch ein wenig schwärmen zu lassen, ehe ich dazu trat und ging daher um die Gruppe herum Richtung Buffet.

Ich hatte der Gruppe gerade meinen Rücken zugewandt und wartete auf mein Stichwort als Tori tief Luft holte und erklärte, „Ich habe beschlossen eine Samenbank zu aufzusuchen. Es ist mein Geschenk an mich zu meinem 30. Geburtstag. Ich werde ein Baby bekommen – ganz ohne Mann."

Die Frauen mussten sich kurz sammeln ehe sie sich um Tori scharten, ihr gratulieren oder Respekt vorheuchelten.

„Das ist so mutig von dir!"

„Du wirst eine großartige Mutter!"

„Wow, dass ich ein großer Schritt. Gut für dich!"

All die Frauen waren so geschockt

wie ich, aber aus anderen Gründen. Sie dachten wahrscheinlich, dass es – selbst mit Partner - tierisch anstrengend war ein Kind großzuziehen, aber ich fragte mich nur, warum sie eine Samenspende wollte. Ein echter Mann konnte ihr Kinder geben und sie beim Großziehen unterstützen. Ich fühlte mich wie ein Neandertaler, als ich daran dachte, dass irgendein Namenloser seinen Samen in meinem Territorium verteilte. Das, was ich mir mehr als alles andere auf der Welt wünschte, war eine richtige Familie. Eine, die ich nicht allein lassen würde. Und jetzt wollte Tori dies ganz allein erreichen.

Ich merkte, dass ich verstörter war, als ich das Recht dazu hatte. Ich dachte, ich hätte ein paar Monate – vielleicht sogar Jahre – um Tori zu verführen und um ihr zu beweisen, dass ich, obwohl ich sechs Jahre jünger war, nicht wie die andren war. Fuck! Das war alles meine Schuld. Ich hatte gedacht, ich hätte noch Zeit. Sie hat im Büro so oft erzählt, dass sie den Männern abgeschworen hat, aber ich hatte nicht daran gedacht, dass sie ein Kind ohne Mann haben wollte. Ich riss mich zusammen und hastete auf die Toilette, in der Hoffnung, dass es auf die anderen nicht so wirkte, als würde meine Hose brennen.

Als ich in auf der (mit Marmor und Schnitzereien überladenen) Toilette ankam, stellte ich sicher, dass ich allein war ehe ich mich ins Gebet nahm. „Du Idiot, Wyatt! Du hättest dich eher bewegen sollen. Du hättest ihr sagen sollen, wie du dich fühlst, scheiß auf das Alter. Jetzt treibt sie es mit einer Gewürzspritze und du kannst deinen

Schwanz weiter mit der Hand bearbeiten!"

Ich stöhnte laut vor Abscheu, zerzauste meine Haare und lief hin und her. Ich ließ einen weiteren tiefen, schmerzvollen Seufzer raus und wandte mich zum Waschbecken. Während ich meine Haare in Ordnung brachte, sah ich mich direkt an und spürte, wie es in mir brodelte.

Es war pures Glück gewesen, dass ich Jeff im College getroffen hatte. Ich hatte es gerade so aufs College geschafft, war für mich selbst verantwortlich und allein. Ich hatte mir für den Anschluss den Arsch aufgerissen und im letzten Jahr Jeff kennengelernt. Trotz all meiner Bemühungen, alles richtig zu machen, war es nicht so einfach, wenn man das uneheliche Kind eines unnützen Vaters und einer Cracksüchtigen war. Obwohl ich so hart daran gearbeitet hatte mein Leben in Griff zu bekommen und es von außen so aussah, als wenn ich es geschafft hätte, war ich doch verloren.

Als ich Victoria Elliot an meinem zweiten Tag bei Buchanan Industries gesehen hatte, dachte ich, „Das ist sie. Das ist das Mädchen, dass mich dazu bringt es zu schaffen. Ich schaffe es für sie." Auch wenn sie anscheinend nicht einmal wusste, dass es mich überhaupt gab, arbeitete ich jeden Tag ein bisschen mehr daran, für sie besser zu werden. In der Hoffnung, dass sie eines Tages vom Kopierer aufsehen und mich sehen würde, den Mann, keinen Jungen. Ein Mann, der ihrer Wert war.

Und jetzt ging sie in eine Klinik und ließ sich mit gefrorenem Sperma schwängern, in einem sterilen Raum, anstatt in den Armen von jemanden, der sie liebte, der sein Leben mit ihr teilen wollte, der Vater sein wollte.

Ich sah noch einmal in den Spiegel und sagte, „Es wird Zeit, Preston. Reiß dich zusammen. Hände weg von deinem Schwanz und erspar ihr die Gewürzspritze. „Ich drehte mich um, um das marmorne Bad zu verlassen als ich fast einen älteren Mann umrannte, der anscheinend aus dem Nichts aufgetaucht war. Ich atmete tief aus und wurde puterrot – er hatte doch nicht etwa alles gehört. Scheiße.

Er sah mit aus getrübten Augen und dichten Augenbrauen an und sagte, „Wir brauchen alle von Zeit zu Zeit auffordernde Worte. Hol sie dir, Junge."

Du bist so ein verdammter Loser, Preston, dachte ich, während ich um den Mann herumging und mich bedankte. Ich verdrängte meine Begegnung mit Gevatter Zeit und ging in den Saal, um die Mutter meines Babys zu bekommen. Ich würde sie schon davon überzeugen, dass eine Samenbank nicht die einzige Lösung war. Ich würde einen Weg finden, dachte ich, während ich meine Schritte beschleunigte. Mir lief die Zeit davon.

2

ori Elliott

KAUM HATTE ich es gesagt erkannte ich, dass ich es den Frauen aus der Firma nicht hätte sagen sollte, dass ich zu einer Samenbank gehen würde. Ich konnte sehen wie sich auf den Gesichtern Schock, Mitleid und offene Missbilligung wiederspiegelten und ich versuchte ein wenig zurückzurudern. Langsam, Tori.

„Wer weiß, vielleicht kann ich gar nicht schwanger werden. Mit dem Mistkerl von Ex-Verlobten hat es nie funktioniert und ich bin froh, dass wir es nie mit künstlicher Befruchtung versucht haben. Aber ich will nicht mit 40 Single und kinderlos sein, versteht ihr?" Ich sah mich um und versuchte etwas Würde zu retten.

Ich sah ein paar mitleidige Blicke, aber wie gutgeölte Maschinen sahen sich alle im Raum um oder waren mit ihren Handys beschäftigt. So kann man Leute auch erschrecken, Geburtstagskind. Ich verdrehte innerlich die Augen und führte mein Champagnerglas zu meinen Lippen. Wenigstens konnte ich mich jetzt abschießen und mir ein paar von den leckeren Krabben-Schnittchen von dem Tisch mit den hors d'oeuvres gönnen. Als ich mich gerade auf meinen wunderschönen hohen Absätzen umdrehte, landete ich direkt in Warum-nicht-Wyatt, dem Babygesicht aus der Finanzabteilung und einzigem Mann auf meiner „Warum nicht?"-Liste.

Seit der Trennung hatte ich allen Männern abgeschworen, aber für diesen Leckerbissen würde ich eine Ausnahme machen. Er war etwas über 1,80 groß, kräftig gebaut, aber konnte den italienischen Anzug trotzdem richtig ausfüllen. Außerdem war er der einzige, der diesen Blauton tragen konnte, der sich in seinen Augen wiederholte und er trug eine Fade-Frisur. Warum-nicht-Wyatt konnte einem GQ-Cover entsprungen sein, aber das Beste war, das er es nicht einmal wusste. Ich biss mir auf die Lippen, um nicht zu seufzen. Es war so langer her, dass mich jemand gevögelt hatte.

Das Trauerspiel, das meine Verlobung darstellte, endete, weil ich endlich erkannt hatte, dass es mit Henry keine Zukunft gab. Ich hatte auch festgestellt, dass er sich (und andere Frauen) mehr liebte als mich. Wir waren sechs Jahre zusammen gewesen, drei davon verlobt, aber er hat nie versucht ein Datum festzulegen oder über die Hochzeit zu sprechen. Ich stellte fest, dass ich das Thema vermied, wenn ich mit meinen Freunden sprach, um mich nicht zu freuen, weil ich nie wusste, wann es so weit war.

Und dann, als ich ihn dabei erwischt hatte, wie er die Kosmetikerin von gegenüber knallte, hatte ich nicht den Arsch in der Hose, Schluss zu machen. Zum Glück hatte er ihn. Ich hatte gedacht, dass es nur eine Affäre war und er zu mir zurück gekrochen kommen würde, aber dann erfuhr ich von meiner Mutter, die mich nur zu gerne an meinen Single-Status erinnerte, dass die zwei sich verlobt hatten. Nach nur sechs Wochen zusammen. Wahrscheinlich hatte er nur nicht mich heiraten wollen. Ich stöhnte innerlich bei der Erinnerung und erinnerte mich dann auch wieder an Wyatt, der schon seit mindestes 30 Sekunden vor mir stand.

„Uh... hi, Wyatt. Wie geht es dir? Schön, dass du gekommen bist", plapperte ich los und versuchte nicht den Eindruck zu erwecken, dass ich in Selbstmitleid badete. Er sah mich eher besorgt an, seine Augenbrauen vor

Sorge oder Überraschung hochgezogen.

„Hi Tori. Herzlichen Glückwunsch zum Geburtstag. Das ist eine tolle Deko", sagte Wyatt und wies auf den Raum um uns herum.

„Ja, es ist wunderschön. Ich habe Carter gesagt, er soll es nicht übertreiben, aber du kennst ihn ja. Das alles ist ein wenig zu viel, aber eine echt nette Geste", sagte ich während ich zu Carter und Emma hinübersah. Sie standen Arm in Arm und ich freute mich für meine Freunde. Gerade als ich mich wieder Wyatt zuwenden wollte, sah ich, dass Carter hochsah, Wyatt neben mir entdeckte und ihm zuzwinkerte. Wyatt trat neben mir nervös von einem Fuß auf den anderen und ich sah ihn wieder an. Trotz seiner schönen, gebräunten Haut hatte er rote Wangen, wie ein Kind, dass draußen in der Kälte gewesen war.

Während ich ihn anstarrte färbten sich Wyatts Augen von dunkelblau in ein eisblau und sein Rücken wurde gerade. Er sah plötzlich aus, als ob er einen Auftrag hätte und ich hatte keinen blassen Schimmer worüber wir reden könnten. Ich wollte mich gerade nach einer Fluchtmöglichkeit umsehen, da ich dran war von oben bis unten rot zu werden, als Wyatt anfing zu sprechen.

Wyatt öffnete seinen Mund und sagte: „Ich habe gehört, was du zu Joanne und den anderen Frauen gesagt hast. Über die Samenbank. Ich möchte dir eine Alternative anbieten." Ich fühlte, wie die Wut in mir aufstieg. Wie konnte er es wagen zu lauschen! Aber dann bemerkte ich, dass ich genau dort stand, wo sich alle während einer Party sammelten – am Büffet. Scheiße, ich hoffe, es haben nicht noch mehr Leute gehört, dachte ich, während ich Wyatt genauer betrachtete.

Ich sah, dass seine Wangen jetzt noch ein wenig röter waren, aber nicht auf peinlich Weise, eher sexuell erregt. Sein Körper war meinem zugewandt und es wirkte so, als würde er sich zwingen, mich nicht zu berühren. Bei dem Gedanken schmolz ich ein wenig dahin. Wer hätte gedacht, dass Warum-nicht-Wyatt auf mich stand? Ich hatte gedacht, er hatte mich bisher einfach nicht bemerkt. Ich war nur eine Assistentin der Geschäftsführung und offensichtlich etwas älter als er. Männer stehen doch auf jüngere Frauen, oder nicht?? Egal, Warum-nicht-Wyatt hat mir eine Alternative zur Samenbank angeboten – dass konnte er nicht ernst meinen. Andererseits... warum verdammt noch mal nicht?

Ich überraschte mich selbst, als ich meinen Rücken gerade machte und ihm direkt in die Augen sah, meine brauen in seine blauen. „Und was möchtest du mir anbieten, Wyatt Preston?" Er blinzelte als sein Name über meine Lippen kam und nichts hätte verhindern können, dass ich mir vorstellte seine Augen zu beobachten während ich mich auszog. Ich wollte seinen Blick auf meinen Nippeln spüren, auf meinen Oberschenkel, auf meinem Geschlecht. Beruhig euch, Hormone, ermahnte ich mich innerlich.

Während wir uns einfach nur anstarrten wurde es ziemlich eindeutig, was er als Alternative zur Samenbank vorschlug. Sich, dachte ich. Er bot sich selbst an. Natürlich bot er nur Sex an, er hatte nicht die Absicht ein Kind zu zeugen. Er sah es sicher als seine Gelegenheit mir an die Wäsche zu gehen. Ich war von Henry nie schwanger geworden – auch ohne Verhütung nicht. Die Samenbank war wahrscheinlich meine einzige Chance auf ein Baby. Das musste Wyatt aber nicht wissen, sagte der kleine Teufel auf meiner Schulter. Sollte er doch ein wenig Barmherziger Samariter spielen und ich könnte an meinem 30. Geburtstag ein bisschen Spaß haben.

Ich räusperte mich und seine Augen glitten zu meinem Hals, als ich ein erregtes Seufzen unterdrückte. Oh, ja, er würde es auf jeden Fall genießen, mich beim Ausziehen zu beobachten. „Tori, ich...", begann Wyatt, während er sich verstohlen umsah, so als würde er das größte Geheimnis der Menschheit mit mir teilen. Er trat ein wenig näher und legte seine Hände an meine Taille, seine riesigen Hände auf dem lockeren Stoff meiner Lieblingsbluse. Ich spürte das Feuer der Berührung bis zu meinen Hüftknochen, über meinen Arsch bis hinunter zu meinen „Fick-mich-bitte-jemand"-Pumps.

„Ich wollte dich schon in dem Moment ficken, als ich dich zum ersten Mal gesehen habe" stieß er hervor und meine Knie gaben vor Erregung fast nach. Heilige Scheiße, das war das heißeste, was ich je gehört hatte. Ich blinzelte, schluckte aufgeregt und versuchte mich zu sammeln.

„Es ist dein Geburtstag. Ich würde dir gerne ein kleines Geschenk machen. Naja, nicht klein. Ich möchte dir eine Nacht mit dem heißesten Sex deines Lebens schenken. Das ist es. Das ist mein Geschenk für dich." Ich spürte wie sich das Grinsen auf meinem Gesicht ausbreitete, während die Worte über seine perfekt geschwungenen Lippen kamen und ich nickte, ehe ich zu viel nachdenken konnte.

„Das klingt nach dem besten Geburtstagsgeschenk überhaupt", antwortete ich und wurde mit seinem 1000-Watt Grinsen belohnt. Wir lächelten und an wie zwei dumme Kinder und irgendwie fühlte es sich auch so an.

Wyatt hörte plötzlich auf zu grinsen, dachte nach und sah mich dann so ernst an, wie ich es nah so einem Lächeln nie erwartet hätte. „Es gibt nur ein kleines Problem", sagte er und ich spürte eine Welle der Enttäuschung. Er änderte seine Meinung. Er wollte ein Kondom benutzen. Er trug gerne Frauenkleider und wurde dann verhauen... irgendwas. Es sah so aus, als könnte er sehen, wohin meine Gedanken gingen und legte seine Hände auf meine Schultern, die er dann sanft knetete.

„Hey, hey, ich wollte einen Scherz machen und dich nicht erschrecken. Die einzige schlechte Nachricht heute ist, dass wir einen Weg aus diesem Raum voller Kollegen finden müssen, damit du... du weißt schon... dein Geschenk auspacken kannst", grinste er sexy auf mich hinab. Ich entspannte mich merklich und begann ebenfalls mich verstohlen im Raum umzusehen.

„Da ist eine Tür neben der großen Palme", flüsterte ich ihm zu, als wir nebeneinanderstanden. Wir sahen aus wie zwei Kollegen, die über das Wetter sprachen und nicht wie jemand die ein heißes Liebesspiel planten.

„Einer von uns sollte auf Toilette gehen und der andere sollte sich rausschleichen. Wenn die Leute sehen, dass wir gemeinsam verschwinden, wird es Aufmerksamkeit erregen. Vor allem, wenn wir eine Weile wegbleiben." Wyatt hatte sich zu mir gedreht und den Rest in mein Ohr geflüstert, so dass mir Schauer der Erregung über den Rücken liefen. Das würde wirklich der beste Sex meines Lebens werden.

„Ich gehe oben auf die Toilette und 'pudere mir dort meine Nase'. Treff mich dort – es ist im Nordflügel hinter einer Reihe falscher Bäume also übersehen sie die Leute vielleicht, wenn sie auch auf die Toilette müssen", sagte ich als er mich anlächelte. Ich fühlte eine besondere Art der Verbundenheit mit Warum-nicht-Wyatt. Wir hatten anscheinend beide Spaß daran, eine gute Flucht zu planen.

Ich griff für eine Sekunde nach seiner Hand und strich zu seinem Daumen hinab, als ich wegging. Er hatte Schwielen an den Händen, was für einen Buchhalter ungewöhnlich war, aber Gott, er war heiß. Ich spürte, wie seine Hand sich etwas anspannte, als ich an seinen Daumenballen kam und ich drückte etwas zu – als kleinen Vorgeschmack, dachte ich. Ich sah ihn durch meine Wimpern an und war froh, dass ich meine Haare offen trug und mein Erröten dahinter verstecken konnte. Wir sahen uns an und ich war froh, dass niemand in der Nähe war – man konnte die Spannung förmlich greifen.

Ich trat einen Schritt vor, sah mich im Raum um und erkannte, dass fast alle mit ihren eigenen Gesprächen beschäftigt waren. Nachdem ich die schwere Tür, die zum Foyer führte, hinter mir geschlossen hatte, hatte ich nur noch Augen für die Treppe vor mir. Als einer meiner älteren Kollegen, Frank, in mein Blickfeld trat, stöhnte ich hörbar. Geh mir aus dem Weg, Frank, ich habe keine Zeit für dich!

Gerade als ich langsamer werden wollte, um ihm von meinen „Nasenpuder-Notfall" zu erzählen, kamen Emma und Carter zu meiner Rettung. Ich hob meine Augenbrauen vor Überraschung und als ich Blickkontakt mit Emma hatte, sah ich den Schalk in ihren Augen. Ich wurde rot und biss mir auf die Lippen und versuchte nicht in Carters Gesicht zu sehen, aber ich sah es trotzdem. Er grinste von einem Ohr zum anderen und ich konnte hören, wie es anfing zu lachen. Sie wussten, dass ich auf dem Weg zu einem Quickie mit Wyatt war! Das war alles so peinlich.

Aber der Gedanke stoppte mich nicht; viel mehr trieb er mich an. Bitte Universum, gönn mir einen guten Fick zu meinem 30. Geburtstag. Das ist alles, was ich brauche. Ein guter Fick für die Erinnerung, wenn ich eine Single-Mom bin und nicht mehr ausgehen kann. Ich schickte mein stummes Gebet an das Universum und lief die Stufen hinauf, dankbar dafür, dass der Teppich den Klang meiner Ansätze dämpfte. Ich kam in den Nordflügel, visierte die Toilettentür an und trat mit meinem Pilates-gestärkten Arsch ohne zu zögern in den Raum.

3

ori

Ich schloss die Tür und ging bis ganz hinten wobei ich die einzelnen Kabinen überprüfte. Es gab nur drei und sie wurden wahrscheinlich hauptsächlich von den Angestellten genutzt, da es weder Marmoroberflächen noch verzierte Kabinentüren gab. Sie wirkte trotzdem gemütlich und hatte eine kleine Chaiselongue in der Ecke – ich versuchte wirklich meine Gedanken im Zaum zu halten, die sich gerade vorstellten, was ich alles mit Wyatt anstellen könnte. Wo verdammt war Wyatt? Überlegte ich, während ich darüber nachdachte mich auszuziehen, ehe er hier ankam.

Mein Slip war schon klatschnass und, zum ersten Mal schämte ich mich nicht über die Reaktion meines Körpers. Es sind die Hormone, beruhigte ich mich. Eigentlich war es der Gedanke an den leckeren Kerl unten und der Gedanke daran, wie er mich an die kalte Wand presste und mit seinem Schwanz hielt, aber wen interessiert's? Gerade als ich anfing mir Sorgen zu machen, öffnete sich die Tür und ich erschrak. Wyatt trat ein, sein Gesicht rot und pure Lust in seinem Blick.

„Tut mir leid, der alte Frank hat mich gefragt, ob ich seine Frau gesehen hätte", lächelte er, während er die Tür schloss und den Riegel vorlegte. Als er seinen Arm ausstreckte konnte man erkennen, wie perfekt sein Jackett saß und dass es nur seine Rückenmuskeln bedeckte – sein Arsch war perfekt zu sehen. Als er sich wieder zu mir drehte, spürte ich wieder diese Kameradschaft, diese Verbindung. Ich fühlte mich kein bisschen unwohl, sondern genau richtig.

"Ich möchte jetzt mein Geschenk auspacke, Mister", sagte ich und streckte meine Hände aus, wobei ich versuchte kindlich unschuldig dabei auszusehen. Er kam auf mich zu und sah dabei aus wie jemand, der kurz davor war zu explodieren. Seine ozeanblauen Augen blitzten wild. Er griff nach meinen Händen und hielt sie fest. Dann nahm er meine beiden kleinen Hände in eine seiner großen und legte mir die andere in den Nacken. Dann zog er mich bestimmt an sich, damit ich merkte, was er wollte.

„Küss mich, Victoria", bat er und ich war nur zu willig. Ich öffnete meine Lippen und sein Gesicht schwebte eine qualvolle Sekunde über mir, ehe er seinen Kopf senkte. Ich schloss meine Augen, als unsere Lippen sich trafen und ich spürte einen Schauer der Erregung bis in meine Brüste. Meine Nippel wurden hart und meine Rücken wölbte sich, um meinen Busen ziemlich verzweifelt an seine Brust zu pressen. Das war mir vorher noch nie passiert.

Ich weiß nicht, wie lange wir und geküsst haben. Minuten? Monate? Als sich unsere Lippen endlich trennten, war mein Gesicht zerkratzt, meine Haare durcheinander und ich war mich sicher, dass mein Slip ruiniert war. Gott, ich war so bereit. Meine Lider öffneten sich und ich sah, wie er den obersten Knopf meiner Bluse betrachtete. „Zieh deine Bluse aus", keuchte er und war genauso angeturnt wie ich. Ich sah hinab und konnte die Ausbuchtung, die von seiner engen, kobaltblauen Hose kein Stück verdeckt wurde, nicht übersehen.

Der Anblick spornte mich an und ich zerrte mir die Bluse vom Körper, in dem Bemühen ihm näher zu sein und seine Haut an meiner zu spüren. In dem Moment, in dem meine Bluse die Wand hinter uns traf und zu Boden fiel spürte ich, wie sein Blick Feuer fing. Ich hatte heute Morgen schamlos beschlossen, keinen BH zu tragen – ich hatte mir gesagt, dass ich vielleicht schon dreißig war, aber meinen Titten waren erst fünfundzwanzig – und so stand ich dort mit meinen exponierten Brüsten an der kalten Luft. Wyatt sah aus, als ob er gerade den Jackpot geknackt hatte und mich in seine Höhle zerren wollte. Seine Nasenflügel bebten und sein Gesicht wurde noch roter. Seine Brust wurde breiter und er griff grob nach meiner Hüfte und zog mich an sich. Seine Augen verließen dabei nicht meinen Busen, meinen Bauch, die Kurven meiner Taille. Ich hatte mich noch nie so sexy gefühlt und dabei war ich noch nicht einmal nackt!

Wyatts Augen blitzen auf als er in meine sah und er biss sich auf die Lippen. „ich werde dich ficken, Tori, aber ich will, dass du weißt, dass du die schönste Frau bist, die ich je gesehen habe. Ich denke das seit dem ersten Tag, als ich dich gesehen habe." Er bewegte seine Hand an mein Gesicht und strich mir meine kastanienbraunen Locken aus dem Gesicht, damit er mir in die Augen sehen konnte.

„Genug davon. Zieh deine Hose aus oder ich helfe dir dabei."

Ich kicherte bei dem Gedanken, dass es sich anhörte wie ein verliebtes Schulmädchen. Ich trat zurück und wiegte mit den Hüften während ich zur Chaiselongue ging. Ich öffnete meine Hose und tänzelte dabei so sexy wie ich konnte ohne zu fallen und dabei sahen meine schokoladenbraunen Augen in Wyatts blaue. Ich behielt meinen Slip an, obwohl er durchnässt war und ließ meine Hose zu meinen Fick-mich-Pumps gleiten. Ich trat heraus und stand nur in pinkem Satinslip und schwarzen Stilettos vor Wyatt. Ich hatte mich noch nie so gewollt gefühlt.

Wyatt starrte mich genauso an, wie ich es mir unten im Saal vorgestellt hatte; wie ein verdurstender Mann und ich war die einzige Wasserquelle. So, als hätte er noch nie etwas so schönes gesehen. Und ich schmolz dahin. Gerade als ich aus meinen Pumps schlüpfen wollte knurrte er: „Lass sie an." Ich grinste ihn an und drehte eine Pirouette.

„Du stehst auf mein Fick-mich-Pumps, oder? Nun, ich behalte sie an, wenn du dich beeilst und mir endlich das Geschenk gibst, dass du mir verspr—" Er kam über mich noch ehe ich ausgesprochen hatte. Seine rauen Hände griffen mich an der Taille und glitten dann zu meinem Arsch. Er griff fest zu und hob meinen ganzen Körper an seinen. Unsere Lippen trafen sich wieder und er hielt mich fester, so dass ich meine Beine um seine Taille legen musste.

Er tat genau das, wovon ich geträumt hatte – er presste mich gegenüber der Tür an die Wand und als ich die kalte Verkleidung spürte schnappte ich nach Luft. Die Kälte ließ meine Nippel noch härter werden und als hätte er es durch sein Jackett gespürt ließ Wyatt seinen Blick sinken und begann dann verschmitzt zu grinsen. Er sah mir in die Augen, während sein Mund nach unten wanderte. Er küsste sich einen Pfad bis zu meinem Brustbein und legte seinen Kopf zwischen meine Brüste. Dann legte er eine Spur heißer Küsse zu meinem linken Nippel, der förmlich nach seinen Lippen schrie.

Dann plötzlich lag Wyatts Mund auf ihm, saugte sanft und ich drückte meinen Rücken noch mehr durch, wobei ich spürte wie sein Schwanz genau an meiner Öffnung lag. Oh, Gott. Er spürte den Kontakt auch und stieß mir mit seine Hüfte entgegen.

„Wenn du damit weitermachst, habe ich deine Hose gleich auch durchnässt", wimmerte ich, als er sich meinem rechten Nippel zuwandte. Er sah mich etwas irritiert an. Als er nach unten sah, verstand er – mein Slip war absolut unbrauchbar. Ich war triefend nass und er knurrte bei der Erkenntnis und legte seinen Kopf auf meine rechte Schulter. „Fuck, Tori, kannst du mir mal eine Pause gönnen? Musst du die ganze Zeit so heiße Sachen sagen?"

Ich lachte etwas unter ihm und entschuldigte mich für mein rücksichtsloses Verhalten. Die rauen Hände, die meinen Arsch gehalten hatten, glitten nun zwischen meine Oberschenkel und ich richtete mich gespannt auf. Seine Hände glitten näher an mein Geschlecht und ich war noch nie so kurz davor gewesen in Flammen aufzugehen. Seine Finger trafen schließlich auf den Satin meines Slips und er könnte die Nässe fühlen. Wyatt klang, als würde er bald die Kontrolle verlieren. Ich hörte ein leises Reißen und spürte, wie mein Slip verschwand.

Das Geräusch und das Gefühl, dass mein Slip von mir gerissen wurde machte etwas mit mir und meine Hüfte bewegte sich, so dass mein Geschlecht gegen seine Hand rieb, ihn zwang mich weiter zu berühren. Er bewegte eine Hand grob zu meiner Schulter und nutzte seine breite Brust, um mich näher an die Wand zu pressen. Wyatt hatte die volle Kontrolle und dass war verdammt heiß.

„Beweg dich nicht", befahl er, während er meinen Arsch losließ und meine Absätze mit einem Klackern den Boden berührten. Ich war für einen Moment enttäuscht, aber dann sah ich, dass er sich an seiner Hose zu schaffen machte. Kaum hatte er Gürtel, Knopf und Reißverschluss offen, sprang sein Schwanz heraus, voll einsatzbereit. Meine Knie wurden weich, als ich die Adern an den Seiten sah, die perfekt geformte Spitze, die seinen Schwanz anschloss.

Während ich noch dieses Beispiel göttlicher Schaffenskraft bewunderte, fasste er mich wieder an der Hüfte und hob mich problemlos an. Ich legte meine Beine schneller um ihn, als ich für möglich gehalten hätte, umschlag ihn mit meinen Armen und brachte unsere Körper näher zusammen. Ich küsste ihn fest und wusste, dass wir beide Probleme haben würden unsere enge Begegnung den anderen gegenüber zu verheimlichen, wenn wir wieder nach unten kamen.

Es war mir egal, als ich seinen Schwanz an meinem Geschlecht fühlte, während wir gegenseitig unsere Münder erforschten. Ich klammerte mich fester um seinen Hals und wölbte meinen Rücken, so dass meine Nippel über den Stoff seiner Anzugsjacke rieben. Wyatts Hände lagen weiterhin an meiner Hüfte und ich nahm nur am Rande wahr, dass ich wahrscheinlich davon blaue Flecke bekommen würde – egal. Ich bewegte meine Hände von seinem Hals zu seiner Brust und unter sein Jackett. *Zieh es aus*, war alles, was ich denken konnte und Wyatt verstand anscheinend die Nachricht.

Wir kämpfen ein wenig, bis sein Jackett zu Boden fiel und ich begann hektisch seine Knöpfe zu öffnen. Endlich hatte ich den letzten Knopf offen und schob sein Hemd die Arme herunter, wobei ich seufzte. Er hatte ein paar Haare auf der Brust, hell wie auf seinem Kopf. Aber Gott, diese Muskeln. Seine Brustmuskeln waren fest, ausgeformt und führten direkt zu seinen perfekten Bauchmuskeln. Seine Armmuskeln wölbten sich während er mein Gewicht trug und die Bewegung seines Beckens betonte seinen V-Muskel, so dass ich Lust bekam mir meinen Weg mit meiner Zunge zu bahnen.

Und zwischen diesen V-Muskeln was sein Schwanz, der zwischen uns beiden wie eine Herausforderung aufragte. Wenn wir uns nicht hinlegen würden, würde es ein Festmahl werden ihn ganz in mir aufzunehmen – es war schließlich sechs verdammte Monate her. Aber als wir uns ein letztes Mal in die Augen sahen wusste ich, dass wir beide Spaß dabeihaben würden. Unsere Lippen trafen sich sanft, während er mich noch höher hob und sich so bewegte, dass sein Schwanz an meiner Öffnung lag. In dem Moment, in dem sich unsere Körper trafen zündete ein Funke zwischen uns.

Unsere Körper taten den Rest und ich lehnte mich an die Wand während er in mich stieß. Für den Bruchteil einer Sekunde fühlte ich ein Druckgefühl, aber als er in mir war fühlte ich mich besser. Sein Schwanz in mir war heiß, so heiß, dass ich spürte, wie die

Anspannung schmolz. Wir stöhnten beide laut, lehnten uns aneinander und ich bewegte ein wenig das Becken, um zu versuchen noch mehr von ihm aufzunehmen.

„Ich glaube nicht, dass alles reinpasst", flüsterte ich in sein Ohr und wand mich nicht gerade elegant. Er stöhnte als wollte er meine Worte übertönen und sein Körper zuckte in mir, um mir zu zeigen, dass Wyatt sich gerade noch zurückhalten konnte. Ich schnappte nach Luft, als er tiefer in mich drang und er lehnte sich zurück, um mich anzusehen. Unsere Blicke trafen sich als er seine starken Arme nutzte, um meinen Körper auf seinem Schwanz auf und ab zu bewegen, wobei er genau den richtigen Winkel erwischte, um den Nervenknoten in mir zu treffen.

Ich spürte, wie mein Körper sich anspannte, während wir und weiter anstarrten und der Moment war so intim, dass es mir den Atem verschlug. Der Gedanke an die Menschen unten, die sich womöglich wunderten, wo wir waren, flackerte kurz auf, wurde aber umgehen durch Wyatts Schwanz verdrängt. Meine Beine wollten ich noch weiter öffnen, um ihn tiefer in mich aufzunehmen und, als wenn er es gespürt hätte, stieß Wyatt hart in mich und nahm mir den Atem.

Sein Schwanz traf wieder auf meine Nervenenden und zusammen mit dem Gefühl wie er in mich stieß, war es genug, um in mir den unerwartetsten Höhepunkt auszulösen. Ich spannte mich an, biss die Zähne zusammen und umfasste sein Gesicht.

„Wyatt, ich komme gleich", keuchte

ich und starrte ihn an, als ich spürte, wie sich das Kribbeln über meinem Kreuz und über meine Arme hin zu meiner Klit ausdehnte. Das spornte ihn an und er stieß noch härte in mich, rieb dabei über meine Klit. Er stieß wieder und wieder zu, erst langsam und dann immer schneller, als er spürte wie sich meine Scheide um ihn zusammenzog.

Wyatt ließ nicht nach und ich konnte mich gerade noch an seinen Schultern festklammern, während mich meine Kräfte verließen. Sein Schwanz zuckte wild in mir und bei der Erkenntnis, dass er gleich kommen würde, war es um mich geschehen. Wir kamen gemeinsam, trieben uns gegenseitig auf eine animalische und intime Art an. Sein Samen füllte mich und sein Orgasmus dauerte länger, als ich erwartet hatte. Die Hitze war intensiv, so intensiv, dass ich dafür dankbar war.

Wir stützen uns gegenseitig, ich immer noch auf seinem Schwanz an die Wand gepresst. Wyatt bewegte sich rückwärts und zog sich langsam aus mir zurück, so dass wir beide das Gefühl genießen konnten.

„Ich danke dir", flüsterte ich und sah ihn durch meine Wimpern an, „das war das schönste Geburtstagsgeschenk auf der ganzen Welt." Er lächelte jungenhaft und sah dabei schüchtern und gleichzeitig geschmeichelt aus.

„Wenn du dich besser fühlst, war es auch das schönste Geschenk, dass ich jemals hatte", flüsterte Wyatt zurück. Wir ließen schweigend zu, dass sich der Abstand zwischen uns vergrößerte, als er mich losließ und meine Beine wieder den Boden berührten. Wir ließen zu, dass die Stille zunahm, während wir unsere Kleidung aufsammelten, die auf dem Fußboden lag. Sie war total zerknüllt und meine Frisur sah aus wie ein Rattennest – so konnte ich auf keinen Fall hier rauskommen, ohne dass alle wussten, was passiert war.

Gerade als ich Wyatt bitten wollte mich herauszuschmuggeln, so dass mich niemand sehen konnte, klopfte es leise an die Tür. Wyatt versteckte sich hinter der Tür, während ich aufschloss und durch den Spalt sah.

Ich atmete erleichtert auf – es war nur Emma und sie hatte, glücklicherweise, ein paar Gaben dabei. Eine Haarbürste, eine neue Bluse und etwas Deo. „Ich habe das immer dabei, weißt du... für alle Fälle", erklärte sie und ich wurde vom Kopf bis zu den Zehen rot. Ich griff nach ihrem Arm, um ihr stumm zu danken, ehe ich ihr die Tür vor der Nase zuschlug und meine knittrige violette Bluse wieder auszog. Ich zog die neue rosa Bluse an, die mir Emma gegeben hatte und kämmte mir hastig die Haare.

Die ganze Zeit über beobachtete Wyatt mich stumm und er sah aus, als könne er nicht glauben, dass wir gerade gefickt hatten. Ich auch nicht. Ich trug schnell noch ein wenig Deo in den Achseln auf und sah in den Spiegel, um mich zu begutachten. Mein Makeup war etwas verschmiert, aber es sah gut aus – es war dieser sinnliche „ich bin gerade gefickt worden"-Look, den ich nie hinbekam. Man musste dafür einfach gevögelt werden, Tori.

„Du siehst jetzt noch besser aus als vorher", erklärte Wyatt von seinem Platz an der Wand. „Ich hätte es nie für möglich gehalten, aber du strahlst jetzt förmlich."

„Bilde dir nicht zu viel darauf ein, Sportsfreund", grinste ich ihn an. Ich drehte mich zu ihm um und ging zur Tür.

„Nun. Ich denke, wir sollten wieder nach unten gehen", sagte ich, während ich ihn sehnsuchtsvoll anstarrte. Ich wollte nicht gehen, aber ich war jetzt schon mindestens 15 Minuten verschwunden und die Leute würden es merken. „Was hältst du davon, wenn ich durch die Haupthalle gehe und du vorne reingehst? Wir können tauschen und ich tue so, als hätte ich mich vollgekleckert und musste mich umziehen."

„Klingt gut", sagte Wyatt und sah noch weniger bereit aus als ich, unser Versteck zu verlassen. Er lächelte mich an, aber es war ein trauriges Welpenlächeln und ich stellte mich auf Zehenspitzen, um ihm einen sanften Kuss auf seine Lippen zu geben.

„Das war wirklich das schönste Geschenk, das ich je erhalten habe, Wyatt. Ich danke dir", sagte ich und öffnete die Tür. Emma stand im Flur und wir gingen gemeinsam die hintere Treppe hinab und versuchten unser Kichern zu unterdrücken. Sekunden später glaubte ich Wyatts Schuhe auf dem Teppich zu hören – er lief uns nach! Ich drehte mich um und Emma ging netterweise ein paar Schritte weiter, um uns allein zu lassen. Ich sah zu Wyatt auf, völlig überrascht und er nahm mich blitzschnell in dem Arm und küsste mich. Seine Zunge spielte mit meiner und er atmete an meinem Mund. „Weißt du, normalerweise braucht man mehrere

Anläufe, um ein Kind zu zeugen. Komm heute mit zu mir nach Hause", bat er.

Ich merkte wie ich lächelte, nickte und ich küsste ihn zurück. „Ich fahre dir nach der Feier hinterher."

Als Emma und ich zurück in den Hauptsaal kamen, fühlten wir uns wie Teenager, die sich nachts von einer Party zurück ins Haus schlichen. Ich warf über die Schulter einen verstohlenen Blick auf Wyatt. Unsere Blicke trafen sich und wir mussten uns unser Lächeln verkneifen.

Geburtstagsbescherung Teil 2... auf geht's.

4

*yatt*

Ich erwachte und fühlte mich an den richtigen Stellen steif und wund, während andere locker und entspannt waren. Ein Lächeln legte sich auf meine Lippen, als ich mich zur Seite rollte und Tori neben mir liegen sah, ihr kastanienbraunes Haar auf meinen Laken verteilt. Die Decke verhüllte ihre eleganten Kurven nicht wirklich und die Spitzen ihrer Brüste blitzen verführerisch darunter hervor.

Ich beschloss der armen Frau etwas Schlaf zu gönnen und glitt vorsichtig aus dem Bett, um nicht zu viel zu wackeln. Ich würde ihr Frühstück im Bett servieren. Vielleicht sieht sie dann mehr in mir als nur einen One-Night-Stand. Während ich in die Küche ging, wobei meine nackten Füße leise durch das Apartment tapsten, wurde das Grinsen, dass ich auf dem Gesicht hatte noch breiter. Ich hatte es geschafft, dass Tori Elliott mit zu mir nach Hause gekommen war. Ich wusste nicht einmal, ob sie dachte, ich wäre einfach zu haben, aber ich hatte einen Fuß in der Tür. Das war alles, was ich brauchte.

Während ich die Eier rührte, Speck briet und Kaffee vorbereitete, konnte ich nicht anders als zu fühlen, dass dies der Anfang war... der Anfang von etwas Großem. So, als wäre es das, was ich immer gewollt hatte. Vielleicht würde es funktionieren. Ich hörte, die Tori aufstand und ins Bad neben der Küche ging und ich hörte wie das Wasser lief. Der Gedanke daran, dass sie duschte turnte mich an und mein Schwanz war hart, während ich das Essen vom Herd auf den Tisch stellte. Ich beschloss ihr nicht zu folgen, wenn auch nur, um ihr zu zeigen, dass ich kein Tier war.

Ein paar Minuten später kam sie aus der Dusche an den Tisch und trug T-Shirt, dass sie in meinem Schrank gefunden haben musste. Normalerweise störte es mich, wenn eine Frau nach einem One-Night-Stand an meinen Kleiderschrank ging, aber der Anblick von Tori in meinem weißen T-Shirt stellte etwas mit mir an. Meins! Meins! Meins! Brüllte der Neandertaler in mir und ich gönnte ihm den Moment.

Tori sah sich um und war anscheinend schockiert darüber, wie sauber alles war. Ich war stolz auf meine einfaches, aber stilvolles Apartment. Ich hatte mir Mühe gegeben, nie unter den Bedingungen zu leben, wie ich aufgewachsen war, was bei diesem Immobilienmarkt auch mit meinem Einkommen als Buchhalter nicht einfach war. Mit Geld konnte man nicht alles kaufen, aber es konnte Sicherheit bieten. Toris Augen beendeten die Wanderung durch meine Wohnung und landeten auf mir. Ich spürte, wie ich unter ihrem Schokoladenblick schmolz und atmete vorsichtig. Ich lehnte mich vor und griff über den Tisch nach ihren Händen.

Sie sah auf meine Arme, meine

Brust und meinen nackten Oberkörper. Hitze stieg ihr in die Brust und ins Gesicht – ich trug kein T-Shirt und sie war dem anscheinend nicht abgeneigt. Gefällt dir, was du siehst? Dachte ich, während ich mich zurücklehnte, um ihr Blickfeld zu vergrößern. Sie konnte alles sehen bis zu meiner ausgebeulten Jogginghose, die meinen Ständer kein bisschen versteckte. Sie rutsche auf ihrem Stuhl rum und biss sich auf die Lippen. Ich beschloss es lieber langsamer anzugehen, ehe das Frühstück kalt wurde, also richtete ich mich auf und griff wieder nach ihren Händen.

„Ich habe Frühstück gemacht", erklärte ich lahm und wies auf die Teller.

Sie hatte den Anstand zu kichern und sagte: „Das sehe ich. Es sieht lecker aus, Wyatt, danke." Und sie langte zu. Ich glaube, es gibt nichts, das sexier ist, als eine Frau dabei zu beobachten, die ohne Zurückhaltung aß und Tori toppte alle. Ich langte auch zu und lobte mich innerlich für meine Bacon-Bratkünste.

Als Tori den letzten Happen mit Kaffee runtergespült hatte, sah sie mich schüchtern an. „Danke für gestern und letzte Nacht Wyatt. Es war ... wirklich unglaublich. Ich sage das nicht einfach nur so. Danke."

Ich sah an mir herab, etwas schüchtern und geschmeichelt von ihrem Lob. Was würde ich dafür geben, dies jeden Tag von ihr hören. Ungewollt ging mir der Gedanke, dass sie ging, in den Kopf. Was, wenn sie mich nicht wiedersehen wollte, dies hier nicht wiederholen wollte? Ich musste etwas unternehmen, damit sie blieb, damit sie hoffentlich erkannte, dass ich ein guter Mann war. Das ich ihr Mann sein konnte.

Ich nahm meinen ganzen Mut zusammen, räusperte mich und sagte leise: „Weißt du…es kann sein, dass man mehr als zwei Versuche braucht, um ein Kind zu zeugen. Wer weiß, ob die ersten beiden Male gereicht haben. Wir sollten es noch einmal probieren, nur so zur Sicherheit:"

Tori begann mit ihrer Serviette zu spielen und sah auf ihren Schoß. Innerhalb von Sekunden schmolz ihre Schüchternheit und sie wurde zu einer Sexgöttin, die mich durch ihre Wimpern hindurch ansah.

„Warum nicht?", lachte sie anscheinend über einen Witz, den ich nicht kannte und stand auf. Mit einer einzigen Bewegung ging sie zu meinem

Mikrofasersofa, zog das T-Shirt aus und kniete sich auf den Fußboden.

„Worauf wartest du?", forderte sie mich heraus, als ich perplex am Tisch sitzen blieb. Sofort sprang ich auf und zog meine Hose aus. Als ich sie erreicht hatte, beugte ich mich vor und fasste grob ihr Gesicht. Als sich unsere Lippen trafen, begannen unsere Zungen einen Tanz und ich küsste sie mit allem was ich hatte. Die Hitze in unseren Körpern und Mündern baute sich innerhalb von Sekunden auf und unsere Münder waren geschwollen von den Küssen. Ich würde einen bleibenden Eindruck hinterlassen, einen, den sie nicht vergaß.

Ich bewegte sanft meine Arme ihren Rücken hinauf und unterbrach meine Bewegung auch nicht, als ich sie bei den Schultern packte und zum Sofa drehte. Ihre Hüfte war genau auf Sitzhöhe, ihr Busen lag flach auf den Polstern und ich hatte ihren herrlichen Arsch genau im Blick.

Eher unbewusst spreizte ich ihre Beine weiter, um besseren Zugang zu ihrem Arsch, ihrem Geschlecht, dem Bogen ihres Rückens und ihren Oberschenkeln zu haben. Sie zappelte, ob sie sich weiter öffnen wollte oder verstecken, ich war mir nicht sicher.

„Beruhig dich, Tori, ich genieße gerade den Anblick." Wie auf Kommando wurde ihre Haut heiß und ich grinste. Sie zappelte erneut, versteifte sich und seufzte. Tori blickte über ihre Schulter und sah, dass ich dort stand, auf ihren Arsch starrte und auch ihre Schamlippen. Unsere Blicke waren verletzlich und doch erregt, eine Kombination, mit der ich wieder die Verbindung wie aus der Toilette im Country Club fühlte. Das hier funktionierte einfach. Wir waren gut zusammen.

„Wyatt?", fragte Tori und klang verletzlich und sich ihrer selbst nicht sicher. Ihr Haar lag auf ihrem Rücken bis zu ihrer Taille und an den Seiten hinab, sodass es den Blick auf ihre perfekten runden Titten verdeckte. Ich schüttelte mich und kam näher, ging hinter ihr auf die Knie. Meine Hände streiften von ihren Fersen, über die Waden und Oberschenkel bis sie auf ihrem Arsch ruhten. Ich konnte hören, wie sich ihr Atem beschleunigte und als mein Griff fester wurde um ihren Arsch mit einer Hand zu spreizen. Meine andere Hand lag fest um meinen Schwanz.

Ich führte mich an ihr Geschlecht, meine Härte traf ihre weiche Mitte auf eine Art und Weise, dass wir beide fast sofort gekommen wären. Sie kam mir mit ihrem Arsch entgegen und ich legte mich mit meiner Brust auf ihren Rücken. Wir seufzten bei im gleichen Moment. Ich nutze ihre entspannten Muskeln aus und drang mit einer fließenden Bewegung schnell in sie ein. Die Hitze ihres Geschlechtes war so heiß, dass ich spürte, wie sich in mir ein Brüllen aufbaute – Gott, Sex hatte sich noch nie so gut angefühlt.

Mit dem neuen Winkel konnte mein Schwanz problemlos in sie eindringen und ich füllte sie bis zum Anschlag. Meine Eichel stieß an ihren Muttermund und ich glitt rein und raus, erst langsam und dann schneller und schneller. Kurz darauf musste ich mich an ihrer Hüfte festhalten und an sie heranziehen als ich fester und fester zustieß.

Die Reibung unserer Körper erreichte einen kritischen Punkt und alles Nervenenden in meinem Körper spannten sich an, bereit zum Explodieren. Ich beugte mich über Tori, fasste nach vorne und nahm ihre beiden Titten in meine großen, rauen Hände. Der Kontrast fühlte sich unglaublich an; weiche Haut an rauer, weich an hart. Ich hielt ihre vollen, weichen Brüste fest, so fest, und legte meinen Kopf in ihren Nacken, küsste meinen Weg mit feuchten Küssen hinter ihr Ohr, in ihren Nacken. Ich stieß noch zweimal zu und mein Schwanz traf so fest auf ihren Muttermund, dass ich wusste, sie würde Morgen Probleme beim Laufen haben. Gut, sagte der Neandertaler in mir.

Tori presste ihr Gesicht in den Stoff des Sofas, wahrscheinlich, um sich vom

Schreien abzuhalten. Ich spürte plötzlich, wie die Anspannung in ihr noch etwas zunahm, spürte, wie sich ihre Scheide um mir zusammenzog. Plötzlich hatte ich das Gefühl auch Schreien zu müssen und ich beugte mich vor, keuchte in ihr Haar und presste meinen Mund auf ihre Haut. Als ich sie im Nacken küsste, spürte ich, dass sie kam, ihre Arme klammerten sich wie um zu überleben an das Sofa. Der Orgasmus ging durch meinen Schwanz und ich stieß in sie, verstärkte meinen Griff mit den Armen. Mein Kreuz und meine Waden verkrampften sich, als mich der Orgasmus traf und ich spürte wie eine Energiewelle mich durchdrang.

„Baby, komm mit mir. Bitte komm mit mir, ich will spüren, wie du in mir kommst", stöhnte Tori und bei dem Wort Baby spürte ich mich mannhaft wie nie zuvor. Ich reagierte auf ihre Bitte und lehnte mich zurück, um ein letztes Mal ihre Hüfte zu fassen. Dann ließ ich los und stieß zwei, drei, vier Mal so fest ich konnte zu ehe ich auf ihr zusammenbrach.

Ich spürte, wie die Hitze meines Samens sie ausfüllte und es beruhigte das Feuer in uns beiden, entspannte uns mehr als es irgendein Orgasmus gekonnt hätte. Ich fühlte mich gesättigt, beruhigt und ganz. So, als ob ich zerbrochen gewesen wäre und der Orgasmus hat mich wieder zusammengesetzt. Ich hörte Tori, wie sie tief ausatmete und sie schmolz in eine Pfütze auf dem Sofa, während mein gesamtes Gewicht auf ihr lag.

Ich malte langsam Kreise auf ihren Rücken, als ehe ich mich aufrichtete und aus ihr zurückzog. Bei der Bewegung mussten wir beide seufzen und ihre Scheide zog sich um mich zusammen, nicht bereit mich gehenzulassen. Ich trat zurück und blickte auf Tori, die verausgabt ausgestreckt auf meinem Sofa lag. Ich starrte ein wenig länger, damit sie wusste, dass ich den Anblick genoss, wie sie so verausgabt und tropfend vor mit lag.

Meins. Meins. Meins! Da war er wieder, der Neandertaler...aber ich spürte, wie mich die Realität einholte. Sie glaubte, dies war nur ein wenig Spaß am Morgen, nicht mehr. Sie wollte kein Baby mit mir. Und ich hatte ihr eine Nacht mit dem besten Sex versprochen, ohne Bedingungen. Es gab für sie keinen Grund zu bleiben.

Ich wusste, dass es die Wahrheit war, aber ich spüre eine Welle des Bedauerns. Ich schüttelte mich und stand auf und sah sie an. Ihre Haare waren total verzaust. Ihr Rücken glänzte vor Schweiß und ich erkannte, dass auch meine Brust nass war. Tori sah müde, zufrieden und glücklich aus und ich kniete mich neben sie, glättete ihr Haar und gab ihr einen sanften Kuss auf die Stirn.

Ich musste es nur weiter probieren. Eines Tages wird sie erkennen, dass ich der Mann für sie bin.

5

Tori – 3 Wochen später

Als ich auflegte spürte ich das ganze Gewicht der Situation auf meinen Schultern. Auch wenn ich wusste, dass die Morgenübelkeit erst später einsetzte, hatte ich doch das Gefühl, mich übergeben zu müssen. Ich habe gerade meinen Termin bei der Samenbank abgesagt. Nach drei positiven Schwangerschaftstests, die bei mir im Bad lagen, brauchte ich ihn nicht mehr. Es sah so aus, als hätten meine Sexskapaden mit Wyatt sich gelohnt. Es war ein nachhaltiges Geburtstagsgeschenk.

Ich bekomme ein Baby, dachte ich. Wieder und wieder hörte ich diese Worte und ich konnte nicht verhindern, dass sich ein kleines, trauriges Lächeln auf meine Lippen schlich. Ich werde Mutter, dachte ich und mein Grinsen wurde breiter. Ich musste es natürlich Wyatt erzählen, aber ich erwartete nicht, dass er groß Anteil daran nahm. Für ihn war es nur eine Nacht voll Spaß gewesen; er hatte nicht geplant mich zu schwängern.

Ich haderte mit dem Gedanken, dass er vielleicht mehr wollte. Er hatte in den letzten Wochen versucht mich anzurufen, war süß und aufmerksam, wann immer wir uns auf der Arbeit sahen. Wir waren bei unserem Miteinander etwas eingeschränkt, schließlich sollte niemand etwas von uns erfahren. Wir wussten nicht einmal, ob es – was auch immer es war – uns in Schwierigkeiten bringen konnte. Ich konnte mir immer noch nicht vorstellen, dass er bei mir bleiben würde, wenn er das mit dem Baby herausfand. Er ging bestimmt nicht davon aus, dass unsere eine Nacht zusammen schon gereicht hatte!

Verdammt, ich hatte selbst nicht daran geglaubt, dass ich davon schwanger werden würde! Ich erkannte nüchtern, dass es wohl an Henrys Impotenz gelegen haben musste, dass wir keine Kinder hatten. Ich musste bei dem Gedanken grinsen. Ob seine neue -zukünftige - Ehefrau es schon herausgefunden hatte? Ich verdrängte den Gedanken und das Gefühl der Bitterkeit. Ich werde Mutter. Ich werde ein Baby bekommen.

Ich ging den Gang hinab, nutzte die Toilette und sammelte meine Gedanken, als ich mir die Hände wusch. Ich sah in den Spiegel und wusste, dass ich mit Carter, meinem Boss, sprechen musste, ehe die Symptome eindeutig waren. Ich machte mir keine Sorgen um meine Arbeit – ohne mich würde er seinen ganzen Laden verlieren. Aber ich freute mich trotzdem nicht auf das Gespräch, weil ich wusste, dass Carter von meinem One-Night-Stand mit Wyatt wusste.

Die Buchanan-Brüder liebten mich vielleicht, aber ich hatte trotzdem etwas mit einem Kollegen angefangen. In diesem Moment wusste ich, mit wem ich reden musste. Jeffrey, Chef der Finanzabteilung und Wyatts bester Freund. Er wird mir wenigstens Tipps geben, wie ich mit Carter und den anderen Führungskräften umgehen musste, aber er würde mir auch helfen herauszufinden, wie ich es seinem Freund sagen sollte.

Als ich den Gang hinunter zu Jeffs Büro ging, überlegte ich, wie lange ich noch meine Absätze tragen konnte. Meine Füße würden anschwellen, oder? Ich würde Rückenschmerzen bekommen und könnte nicht mehr diese scheißschweren Kisten mit Papier tragen. Eins nach dem anderen, sagte ich mir, als ich an Jeffs Tür klopfte. „Komm rein!", rief er hinter der Milchglasscheibe.

Ich trat ein und er drehte sich zu mir um, sein schwarzes Haar perfekt zerzaust. Seine Augen hatten ein besonders intensives Grün und ich würde lügen, wenn ich behauptete, dass ich ihn nicht für meine „Warum-nicht"-Liste in die engere Wahl genommen hatte. Aber Jeff war für mich mehr wie ein kleiner Bruder und er war für meinen Geschmack zu verspielt. Ich holte tief Luft, richtete mich auf und stellte mich der Herausforderung.

„Hey Jeff, ich habe ein paar...ungewöhnliche...Fragen an dich. Über Wyatt Preston", ergänzte ich und sah auf meine Füße in der Hoffnung der Boden würde sich öffnen und mich verschlucken.

Er setzte sich aufrechter hin und sein Grinsen verschwand. „Was ist mit Wyatt? Hat er etwas angestellt?" Das irritierte mich und ich versuchte mich zu konzentrieren.

„Nein, nein, er hat nichts angestellt. Ich habe nur ein paar Fragen über ihn. A-als Person", sammelte ich. „Er und ich, nun... Wir hatten auf meiner Geburtstagsfeier eine gute Zeit und ich wollte wissen, was du über...uns denkst. Ich will keinen Ärger mit den B. Brüdern", sagte ich und setzte mich in den Stuhl ihm gegenüber.

„Nun, ihr arbeitet innverschiedenen Abteilungen, Tori, es sollte also kein großes Problem sein. Ihr müsst nur professionell bleiben. Kein Quickies auf der Toilette", ergänzte Jeff mit einem Augenzwinkern und ich kam vor Scham um. Jeff hatte ihm von der Party erzählt. Von unsrem Quickie! Ich schämte mich und Jeff sah es. Er war immerhin so nett erschrocken auszusehen, aber er erholte sich schnell.

„I-ich wusste nicht, dass...ihr schon.

Wyatt hat mir nichts erzählt, ich habe nur einen Scherz gemacht!", stotterte er. Ich musste mir ein Kichern verkneifen, weil es uns beiden so peinlich war, und richtete mich wieder auf. „Jeff, ich möchte nur mehr über Wyatt erfahren. Ist er ein guter Kerl? Ist das etwas was er wollen würde? Eine Beziehung?"

Jeffs Blick wurde weich und ich konnte sehen, wie viel ihm seine Freundschaft mit Wyatt bedeutete. „Du weiß, dass er ein Pflegekind war. Sein Vater war abgehauen als er drei war und seine cracksüchtige Mutter hat das Sorgerecht verloren. Er hat viel durchgemacht. Als wir uns im College getroffen haben, dachte ich, er ist nur ein raufwütiges Kind, das die Welt hasst. Aber ich habe ihn kennengelernt und er gehört zu den stärksten, freundlichsten und selbstlosesten Menschen, die ich kenne. Du kannst froh sein, ihn zu haben."

Ich wrang meine Finger und sah hinab, als ich Tränen in meinen Augen spürte. Ich hatte Gerüchte über Wyatts Vergangenheit gehört, aber ich konnte ihn mir nicht als diesen wunderschönen, blonden, kleinen Jungen vorstellen, ohne Eltern und niemanden, der ihn liebte. Ich verdrängte die Tränen, entschlossen die Antwort zu erhalten, wegen der ich gekommen war.

„Und was ist mit mir? Würde er...m-mich wollen?" ich konnte den verletzlichen Ton in meiner Stimme, diese unglaubliche Schwäche, dich ihr verspürte, als ich auf seine Antwort wartete. Ich holte zitternd Luft und sah wieder Jeff an. Das Mitgefühl, das ich sah machte mich fast fertig und Jeff sagte nur: „Wyatt hat wenige Sachen so sehr gewollt wie dich. Er hört nicht auf von dir zu reden. Das einzige, dass er sich noch mehr wünscht ist eine Familie. Der Mann hat den schlimmsten Kinderwunsch, den ich kenne und ich wusste nicht, dass es bei einem Mann überhaupt möglich ist", ergänzte er ohne zu erkennen, welche Wirkung diese Worte auf mich hatten. Ich fühlte wie es mich kalt durchfuhr und wünschte mir, nie in Jeffs Büro gekommen zu sein. Aber Jeff redete einfach weiter.

„Seit unserem ersten Jahr am College spricht er immer nur davon eine eigene Familie zu haben. Er wollte die größtmögliche Familie haben und seinen Kindern zeigen, wie sehr sie geliebt werden. Er würde nie verschwinden wie sein Vater. Ich kann mich noch daran erinnern, dass alle seine Dates im College dahingeschmolzen sind, wenn er es gesagt hat. Frauen stehen auf so einen Scheiß, oder?"

Ich spürte, wie meine Welt erschüttert wurde, als diese Information mein Zusammensein mit Wyatt in ein ganz anderes Licht rückte.

„Ich möchte dir eine Alternative anbieten."

„Normalerweise braucht man mehrere Anläufe, um ein Kind zu zeugen."

All diese süßen Sachen die er zu mir gesagt hatte. Ich hatte geglaubt, er wolle mich nur in sein Bett kriegen, aber... das war der echte Wyatt gewesen. Während ich überlegte, konnte ich mich kein einziges Mal daran erinnern, dass Wyatt mit mir zusammen sein wollte. Er hatte gesagt, dass ich wunderschön sein, dass er mich ficken wollte, aber hatte er gesagt, dass er mit mir zusammen sein wollte? Nein.

Die ganze Zeit über wollte er nur ein Baby. Mir kamen die Tränen und mein Hals wurde eng. Ich fühlte mich irgendwie benutzt, schlimmer noch als wenn Wyatt mich wirklich nur für Sex benutzt hätte. Das war alles, war ich gedacht hatte. Aber er wollte ein Baby. Mein Baby. Und jetzt war ich schwanger. Nun, ich denke, wir bekommen beide was wir wollten. Aber warum fühlte ich mich dann so leer?

Jeff erzählte immer noch von der Zeit am College und den Unsinn, den sie getrieben hatten, als sie noch jünger gewesen waren. Er bekam von meiner Krise gar nichts mit. Ich stand abrupt auf und ging hastig zur Tür und hoffte zu verschwinden, ehe ich anfangen würde zu weinen.

„Danke, Jeff. Das war sehr... aufschlussreich", konnte ich gerade noch sagen und hastete in mein Büro. Ich schloss die Tür, lehnte mich an die kalte Scheibe und ließ endlich meinen Tränen freien Lauf.

Ich arbeitete den Rest des Vormittags und wusste, ich sollte gehen, weil ich nichts auf die Reihe brachte. Ich schob Papiere hin und her, schrieb ein paar E-Mails vor und weinte auf der Toilette. Viel. Carter war zum Glück den ganzen Tag nicht im Büro, was bedeutete, dass auch Emma nicht vorbeikam. Niemand störte mich, also beschloss ich weiterzuarbeiten.

Nach ein paar Stunden merkte ich, dass die Bitterkeit etwas nachließ und ich packte meine Sachen, um Feierabend zu machen. Gerade als ich die letzten zwei Dateien an Carter schickte, kam Wyatt in mein Büro, auf seinem dummen, jungenhaften Gesicht ein Grinsen, dass Herzen höherschlagen ließ.

„Hallo Sexy, wie war dein Tag? Ich habe gestern versucht dich anzurufen, aber du hast nicht abgenommen", flüsterte er und schloss schnell die Tür hinter sich. Er lehnte sich über meinen Schreibtisch und ich stand schnell auf, als er näherkam. Mir war schwindelig – alles was ich heute zu mir genommen hatte war Toast und Saft. Wyatt schien mein Schwanken zu bemerken und sah mich besorgt an, während er vortrat und meinen Arm ergriff.

„Geht es dir gut? Soll ich etwas für dich holen?", fragte er, aber ich befreite mich aus seinem Griff und schnappte mir Mantel und Handtasche. Meine Absätze klackten als ich mich durch den Raum bewegte. Ich wollte mich jetzt nicht mit ihm auseinandersetzen. Ich wollte nicht, dass er versuchte mich wieder zu küssen. Und ich wollte auf keinen Fall, dass er sah, wie ich weinte. Augen zu und durch, sagte ich mir, während ich alles in meine Handtasche stopfte und zur Tür ging.

„Tori? Was soll das verdammt? Tor-" Ich schnitt Wyatt das Wort ab, indem ich die Tür öffnete und den Gang mit erhobenem Kinn und bestimmten Schritten hinab ging. Er würde mir auf der Arbeit nicht hinterherlaufen, wir waren ja nicht einmal ein Paar, sagte ich mir. Als wollte er mir beweisen wie falsch ich lag, knallte Wyatt meine Bürotür fast an die Wand, rannte mir hinterher und brüllte „Victoria!".

Viel zu unauffällig, Preston, rief ich ihm innerlich zu und beschleunigte meine Schritte. Andere kamen auf den Gang, um nachzusehen, was los war und mich wurde rot. So hatte ich es nicht geplant. Ich dreht mich zu Wyatt um und fuhr in an. „Alles ist in Ordnung, Wyatt. Du kannst dein Leben weiterleben, ohne dir Gedanken um mich zu machen."

Bei seinem verwirrten Gesichtsausdruck wurde ich noch wütender und drehte mich wieder um, um weiterzugehen. Jeffs Tür öffnete sich nun auch und ich sah ihm direkt in die Augen. Halt ihn auf! Mein Blick brüllte es förmlich und Jeff verstand anscheinen die Nachricht. Er nickte mir knapp zu, verwirrt, aber immer noch ganz Gentleman. Er trat hinter mir auf den Gang und legte Wyatt die Hände auf die Brust, ehe dieser mir weiter folgen konnte.

„Was soll das verdammt, Jeff?", brüllte Wyatt und ich hörte wie er versuchte an Jeff vorbeizukommen.

„Junge, es reicht. Wir müssen uns mal unterhalten. Lass sie gehen." Jeff versuchte zu flüstern, aber ich hörte jedes Wort, als ich um die Ecke verschwand.

„Aber... warum?" hörte ich Wyatt fragen, jetzt etwas ruhiger. Ich versuchte mir einzureden, dass ich es nicht hörte, dass es nicht in meiner Brust schmerzte, aber ich hörte es. Ich hörte jedes Wort als Wyatt sagte: „Ich verstehe ich nicht. Was habe ich falsch gemacht?"

Nichts, Wyatt. Aber du willst mich

nicht und ich fühlte, wie ich die Fassung verlor. Die Tränen liefen mir über das Gesicht, als ich mich ein Taxt heranwinkte. Ich werde ein Baby haben. Allein. So wie ich es gewollt hatte.

6

yatt

Jeff hielt mich an den Schultern fest, aber vermied es mir in die Augen zu sehen. *Er hält mich von Tori fern*, dachte ich verwirrt. *Was hast du diesmal verbockt, Preston?* Aber es fiel mir nichts ein. Ich wusste nicht, was ich getan hatte. Ich dachte, wir hatten eine schöne Zeit. Ich dachte, sie fühlt etwas für mich. Ich hatte ihr Freiraum gelassen... Fuck! Ich schubste Jeff grober von mir als geplant und seine linke Schulter stieß so heftig an die Wand, dass es bestimmt einen blauen Fleck geben würde.

„Wenn nötig, lass es an mir aus, Wyatt, aber du kannst ihr nicht hinterherlaufen. Alle werden denken, du bist durchgedreht und ich habe gerade keinen Nerv zur Schadensbekämpfung. Komm einfach mit in mein Büro. Bitte", ergänzte er, als er meine erschütterte Erscheinung sah. Ich wusste, ich sah aus wie ein Welpe, der getreten worden war, aber ich fühlte mich gerade nicht besonders männlich. Sie war gegangen. Tori wollte mich nicht sehen.

Nachdem er die Milchglastür hinter uns beiden geschlossen hatte, lehnte sich Jeff gegen die Klinke und sagte: „Kannst du mir verdammt noch mal sagen, was das gerade war?" Ich stieß die Luft aus und begann hin und her zu laufen – ich wusste es nicht und wusste auch nicht, wo ich anfange sollte.

„Alles was ich weiß ist, dass wir ... eine gute Zeit hatten. An ihrem Geburtstag. Wir haben nichts gesagt, weil wir uns wegen der Unternehmenspolitik nicht sicher waren, aber wir hatten Spaß. Sexy Nachrichten, an den Hintern fassen und so. Und heute, komme ich in ihr Büro und sie sieht mich nicht einmal an. Es ist so als ob sich in 24 Stunden ihre Gefühle für mich komplett ins Gegenteil geändert haben und ich war nicht einmal da, um es zu verbocken!" Frustriert trat ich den Stuhl vor Jeffs Schreibtisch um.

Ich sah mich gerade nach etwas anderem um, als Jeff sich räusperte und ich aufsah. Er sah mich nicht an und seine Haare waren wie ein Vorhang zwischen uns. Er sah schuldig aus.

„Jeff? Was verdammt?" Ich ging langsam zu ihm und richtete mich auf. Ich schwöre zu Gott, wenn er Tori geschlagen hatte, würde ich ihn umbringen." Was zur Hölle hast du getan, Jeff?" Ich spürte, wie die Wut anfing in mir zu brodeln und wusste, er hatte verdammtes Glück, dass wir im Büro waren, sonst läge er schon am Boden.

Jeff sah endlich auf und strich sich mit den Händen durchs Haar, tief durch seine perfekte Nase, die gerade ernsthaft in Gefahr war, ein- und ausatmete. „Ok, reg dich nicht auf, aber Tori war heu-"

„Was zur Hölle hast du gemacht Jeff?", brüllte ich ihn an und trat so nah, dass ich ihm eine Kopfnuss hätte geben können. Ich glaube nicht, dass er mich schon einmal so wütend gesehen hatte und er sah sowohl wütend als auch nervös aus.

„Ich habe nichts gemacht, du Idiot. Geh zur Seite." Ich trat einen Schritt zurück, war aber immer noch wütend. „Sie kam heute in mein Büro und hat nach dir gefragt. Ich habe ihr von dir erzählt und dass sie froh sein kann, dich zu haben. Dass du eine schwere Kindheit hattest, aber heute mit beiden Beinen im Leben stehst. Du bist ein guter Mann. Das war alles, Alter, ich schwöre." Er seufzte und fühlte sich nach dem Geständnis eindeutig besser. Ich fühlte mich aber kein bisschen besser.

„Das sind alles gute Sachen, Jeff. Da ist nichts, weshalb sie mir aus dem Weg gehen sollte. Was verdammt hast du noch erzählt? Hast du ihr erzählt, dass ich im College aus der Haut gefahren bin? Was hast du gesagt?" Ich unterstrich die letzte Frage damit, dass ich ihn an den Schultern schubste, so dass sein Kopf an die Glastür schlug. Er sah aus, als ob er auch gleich zuschlagen wollte und ich hätte nichts dagegen gehabt. Schlag zu, Jeff. Los.

Er schien zu ahnen, dass eine Prügelei mit mir eine schlechte Idee sein würde und verschränkte die Arme. „Ich habe ihr gesagt, dass du seit dem ersten Tag sagst, dass sie unglaublich ist. Ich habe gesagt, dass einzige, von dem du so oft sprichst, wie von ihr sind Kinder und wie sehr du dir eine Familie wünscht... Aber ehrlich, Alter, mehr war da nicht."

Jeff bemerkte den Funken nicht, das

ich verstand. Kinder? Familie? „Jeff... was hast du zu Tori bezüglich meines Kinderwunsches gesagt?"

„Ich habe gesagt, dass das einzige, von dem du mehr gesprochen hast als von ihr, war eine eigene Familie und dass du immer eigene Kinder haben wolltest, um ihnen zu zeigen, was Liebe wirklich ist. Nur gute Sachen, Wyatt. Ich habe keine Ahnung, warum sie durchgedreht ist. Will sie keine Kinder?"

„Fuck, Jeff! Sie will ein Baby und zwar jetzt! So hat alles angefangen! Sie wollte zu einer Samenbank und ich habe... eine Alternative angeboten. Deshalb sind wir zusammengekommen. Sie muss denken..."

Unser Gespräch wurde unterbrochen, als jemand versuchte Jeffs Tür zu öffnen und sie gegen seinen Hinterkopf knallte.

„Scheiße!", brüllte Jeff, als er nach vorne stolperte und rieb seinen Hinterkopf. Die Tür wurde ein zweites Mal geöffnet und diese Mal war es Carter, der auf der anderen Seite stand und ziemlich angefressen aussah, weil er nicht reinkam.

„Worüber redet ihr beiden Damen hier überhaupt? Wo verdammt ist Tori hin?", wollte Carter wissen und sah von mir zu Jeff und sein Blick verriet, dass er nicht zu Scherzen aufgelegt war. Carters Blick fiel wieder auf mich und es war klar, dass er mich als Hauptschuldigen für Toris Verschwinden sah. Ich räusperte mich und sah auf einen Punkt über Carters Schulter, weil ich echt Schiss hatte.

„Sir, ich weiß nicht, wo sie hin ist,

aber sie ist sauer auf mich. Ich muss sie finden, aber ich glaube nicht, dass sie jetzt mit mir reden wird. Es sieht so aus, als wenn wir ein…ernsthaftes Missverständnis haben, dank meines Kumpels Jeff da drüben." Ich unterstrich den letzten Satz indem ich auf Jeff wies. Er verdrehte die Augen und hob seine Hände entschuldigend.

„Carter, ich glaube, ich habe es verbockt", begann Jeff und sah seinen Bruder zerknirscht an. „Tori hat mich heute nach Wyatt gefragt und ich vermute, ich habe etwas über ihn gesagt, weshalb sie ausgeflippt ist. Ich habe gedacht, es sind lauter gute, tolle Sachen, die ihn gut aussehen lassen, aber mein Freund hier hat mich gerade auf einen großen Fehler aufmerksam gemacht." Jeff sah seinen älteren Bruder an und wirkte neben seinem führungsbewussten Bruder wie ein Kind.

Carter sah von einem zum anderen. „Es ist mir scheißegal, worüber ihr gesprochen habt, aber mir ist meine Assistentin wichtig. Sie arbeitet seit zehn Jahren für uns und ich lasse es nicht zu, dass ein kleiner Junge es für uns oder sie kaputt macht. Was ist verdammt noch mal das Problem, damit wir sie hier her zurückbekommen?"

Ich spürte, dass ich knallrot wurde und wusste, ich musste meine Affäre mit Tori beichten. Ich wollte nicht, dass sie Ärger bekam, aber ich wollte auch, dass Carter verstand, dass ich diese Beziehung nicht so einfach aufgeben würde. No way.

"Sir, Tori und ich... wir, uh... haben miteinander geschlafen. An ihrem Geburtstag. Es sollte nur eine einmalige

Sache sein, aber ich glaube, wir haben uns in einander verliebt. Jeff hat versucht mich in ein besonders gutes Licht zu rücken, als Tori heute mehr über mich wissen wollte und hat ihre erzählt, alles was ich wirklich will ist ein Baby – eine Familie. Keine Freundin oder gar Frau."

Jeff fuhr herum und sah mir geschockt in die Augen. Ja, Alter. Es war etwas Ernstes. Carter sah mich skeptisch an und musterte mich zum ersten Mal seit ich vor fast drei Jahren für das Vorstellungsgespräch in seinem Büro war. Ich fühlte mich mit einem Mal unglaublich selbstbewusst und erkannte wie jung und dämlich ich auf ihn gewirkt haben musste.

„Hören Sie, Mr. Buchanan, ich weiß…ich weiß, dass Tori für Sie wichtig ist und Sie sehr beschützerisch sind. Ich weiß, dass Sie sie nicht als ihre Assistentin oder Emmas Freundin verlieren wollen. Ich verstehe das, aber Sie müssen mir zuhören. Ich brauche Ihre Hilfe, um sie zu finden, bevor alles zu spät ist." Ich hielt meine Hände als Zeichen der Beschwichtigung oder meines Aufgebens hoch, ich wusste nicht was, aber ich überließ es dem Typen, der mich achtkantig rausschmeißen konnte. Aber er stand einfach nur da, die Hände hinter dem Rücken, und sah aus wie ein Vater, der gleich die Bestrafung nannte.

„Erstens, Mr. Preston, ich kenne Sie nicht und dass ist mir auch nicht wichtig. Mir ist aber Victoria wichtig. Und Emma ebenfalls, was mich in eine Zwickmühle bringt. Erklären Sie mir, warum um alles in der Welt Sie jemanden wie Tori verdienen und vielleicht helfe ich Ihnen dabei, sie zu finden", erklärte er mit einem leichten Zucken seiner breiten Schultern. Herausforderung angenommen, Carter.

„Ok, ok, das ist nur fair", räumte ich ein und ging zu Jeffs Panoramafenster, das einen wunderbaren Ausblick auf die Stadt erlaubte.

„Es fing so an. Meine Vergangenheit war scheiße. Mein Vater war weg, ehe ich sprechen konnte, meine Mutter den ganzen Tag auf Drogen. Als ich in der zweiten Klasse war, verschwand meine Mutter und ich wurde ein Pflegekind. Das ist einfach scheiße." Ich sah weder zu Carter noch zu Jeff, sondern ging einfach weiter und redete.

„Das Einzige, was mir half war, mich um die Kids zu kümmern, die jünger und ängstlicher waren als ich. Ich blieb die ganze Nacht auf und sang ihnen vor. In der Schule habe ich mich für sie mit den Schulhofschlägern geprügelt. Das war es, was mich angespornt hat."

Ich blieb stehen und sah Jeff an, als ich weitersprach. „Nachdem ich aus dem System raus war und zum College ging, ging es mit mir abwärts – ich fing an mit Drogen, saufen, zerlegte die Bibliothek. Dumme Scheiße. Und ihr Bruder hier hat mich genommen und wieder auf den richtigen Weg geführt. Dann haben Sie mich eingestellt und am zweiten Tag bin ich der Frau mit den schönsten Augen und dem heißesten Gang, den ich je gesehen habe, begegnet."

Ich sah von Jeff zu Carter und richtete mich auf. Allein der Gedanke an Tori reichte, damit ich mich... wie ein Mann fühlte. „Ich habe mich Hals über

Kopf in sie verliebt. Jeff hat mir den Schlüssel zu meiner Zukunft gegeben, aber hier war sie. Sie ging einfach an mir vorbei zum Kopierer. Seit dem Tag – vor fast drei Jahren – bin ich verrückt nach ihr."

Ich holte tief Luft und fuhr fort: „Tori und ich wir... haben miteinander geschlafen. Ich habe gehört, wie sie gesagt hat, dass sie zu einer Samenbank wollte, dass sie ein Baby wollte, mit oder ohne Mann." Carters Augenbrauen schossen hoch – dass war wohl doch etwas Neues für ihn.

„Jetzt wo Sie wissen, was ich für sie empfinde, können Sie verstehen, warum ich etwas dagegen hatte. Ich bete nicht nur den Boden an, auf dem Sie geht, sondern möchte auch eine Familie. Es sah so... perfekt aus. Also habe ich den nächsten Schritt getan. Und jetzt denkt sie, das war nur, weil ich lieber ein Baby haben möchte als sie."

Ich ließ den Kopf sinken und auch meine Arme hingen nur noch runter. Ich hatte keine verdammte Ahnung, wie ich das lösen sollte. Ich wusste nicht einmal, ob ich die Chance bekam, es zu erklären. Aber ich wusste, ich brauchte Carters Unterstützung, wenn ich meine Frau für mich gewinnen wollte.

„Carter, ich wollte nie etwas so sehr, wie ich Tori wollte, und ich würde alles tun, um ihr das zu beweisen. Baby oder nicht, ich will sie. Nur sie. Ich brauche sie, Mann." Ich beendete meinen Monolog und sah Jeff zur Unterstützung an. Er sah immer noch geschockt aus, so als könne er nicht glauben, dass ich ganze Sätze formen konnte. Danke für die Unterstützung, Alter.

Carter musterte mich erneut, diesmal konzentrierte er sich mehr auf mein Gesicht als auf den Rest. Sein erfahrener Blick erkannte den Ernst in meinem Blick, die Schwere meines Bekenntnisses. Als er fertig war, räusperte er sich uns sah Jeff an.

„Nun, kleiner Bruder, das hast du so richtig verbockt. Ich schlage vor, du hilfst deinem Freund dabei, das Problem zu lösen. Preston, Sie fahren zu Tori. Jeff, versuch sie zu Hause anzurufen und stell sicher, dass sie dort ist."

Ich wäre Carter vor Dankbarkeit fast um den Hals gefallen. „Danke, Sir!", rief ich, während ich zur Tür lief.

Carter stellte sich mir voll aufgerichtet in den Weg. „Oh, und Preston? Wenn Sie das mit Tori in irgendeiner Weise verbocken... hat Jeff die Ehre Sie zu feuern."

Super, dachte ich, aber ich konnte mich nicht lange mit dem Gedanke aufhalten. Tori, ich werde dich bekommen, schwor ich, als ich mein Jackett griff und mich auf den Weg machte.

7

ori

Aus meiner Teetasse stieg Dampf auf und ich hatte den Faden von meinem Teebeutel um den Finger gewickelt. Ich bin erst vor ein paar Stunden aus dem Büro geflohen, aber ich fühlte mich Jahre älter und Jahrzehnte trauriger. Es hatte sich noch ein Schwangerschaftstest zu den ersten dreien in meinem

Bad dazugesellt, während ich überlegte, was ich tun sollte. Ich wollte es Wyatt erzählen. Eigentlich wollte ich es allen erzählen. Aber vor allem wollte ich Wyatt. Nur Wyatt. Und ich wollte, dass er mich wollte.

Ich konnte immer noch Jeffs Worte hören – er wollte nie etwas so sehr wie Kinder. Ich konnte die Berührungen, Küsse und das Vergnügen, das wir geteilt hatten fast spüren, als sie verblassten. Sie zählten nicht, sie haben ihm nichts bedeutet, außer um ein Kind zu zeugen. Vielleicht würde sich eine andere Frau darüber freuen, wenn ihr Liebhaber ein Kind wollte, aber ich wollte mehr als einen Erzeuger. Ich wollte einen Vater. Ich wollte einen Partner. Ich wollte einen Ehemann. Ich weigerte mich zu weinen.

Während ich auf meiner Veranda

schaukelte überlegte ich, wie das Wetter in neun Monaten sein würde. Heiß, wahrscheinlich. Sonnig, etwas schwül. Das Baby würde die meiste Zeit nur Windeln tragen. Der Gedanke brachte mich zum Lächeln. Wer mochte keinen kleinen Babypopo? Während ich überlegte, was ich alles für mich und das Baby kaufen musste, hörte ich, wie sich Auto näherte.

Ein roter SUV fuhr in meine Auffahrt – der letzte rote SUV, den ich jetzt sehen wollte. Wyatt, mein Kopf dachte, mein Körper reagierte. Meine Hände begannen ganz von allein meine Haare glattzustreichen. Mein Rücken richtete sich auf und meine Brust streckte sich vor. Mein Kopf schrie, ich solle mich zusammenreißen, aber meinem Körper war es egal. Mein Körper wollte ihn. Mein Kopf auch, aber er war schlauer.

Ich stand auf, als Wyatt die Tür aufriss und heraussprang.

Er sah niedergeschlagen aus, erkannte ich, als ich an den Rand der Veranda trat. Ich stellte meinen Tee ab und beobachtete ihn beim Näherkommen. Sein schwarzer Anzug saß perfekt. Mit seinem zurückgekämmten Haar sah er aus wie ein Bad Boy aus den 50ern nur ohne Gel und Gott, er war so sexy. Ich wette unser Baby wird wunderschön. Dieser Gedanke ist ungewollt und meine Brust wird eng. Das ist wahrscheinlich alles, was er will. Ein wunderschönes Baby für sich.

Ich unterdrückte das Bedürfnis zu weinen und funkelte Wyatt an. Als er den Fuß der Treppe erreichte merkte ich, dass er mich ebenfalls anfunkelte. Er war wütend, aber was für einen Grund hatte er dafür?

„Warum verdammt bist du weggelaufen, Tori?", wollte Wyatt wissen und breitete frustriert die Arme aus. Seine ozeanblauen Augen wirkten blass, fast leblos. Es tat mir leid, dass ich in so fühlen ließ, aber ich konnte es nicht erklären.

„Tori! Sprich mit mir!", verlangte er weiter und setzte seinen Fuß auf die erste Stufe. Dieses Eindringen in mein Revier brachte mich zum Reagieren und ich sagte: „Wyatt, bitte geh einfach." Er sah etwas entmutigt aber nicht besiegt aus als er mir in die Augen sah. Er wirkte mit einem Mal weicher und senkte seine Hände, um mich zu beschwichtigen.

„Jeff hat mir erzählt, was er gesagt hat und Jeff ist ein Idiot. Er hat keine Ahnung wovon er redet und ich bin gekommen, um es zu klären. Können wir drinnen reden, Tori?" Ich zögerte, als er seinen Fuß auf die zweite Stufe setzt, aber dann ergänzte er ein weiches: „Bitte?"

Diese leise ausgesprochene Bitte brachte mich dazu zur Seite zu treten und auf die Tür zu weisen. Nach dir, dachte ich und Wyatt ging an mir vorbei, um die Tür aufzuhalten. Ganz der Gentleman, der er nun einmal war. Nachdem wir drinnen saßen, er auf dem Erbsessel von meiner Großmutter und ich auf dem großen, bequemen Sofa, starrten wir uns einfach nur an. Er sah einfach zum Anbeißen aus, sein graues Hemd über seiner muskulösen Brust. Ich sah scheiße aus, eingewickelt in einem alten Poncho und meine Lieblingsleggings. Ich hatte nicht mit Gesellschaft gerechnet, entschuldigte ich mich innerlich.

„Nun...die Bühne gehört dir, Wyatt. Weshalb bist du hergekommen?", fragte ich und versuchte unbeteiligt auszusehen. Er schien etwas irritiert von meinem Verhalten, räusperte sich aber.

„Ich weiß, dass Jeff gesagt hat, dass ich mir mehr eine Familie als eine Frau wünsche. Ich weiß, dass er ein wenig aus meiner Vergangenheit erzählt hat und dass er gesagt hat, dass ich immer nur Vater sein wollte. Aber Jeff irrt sich." Wyatt sah mich an und hoffe auf eine Reaktion, aber daraus wurde nichts.

Er fuhr fort: „Natürlich will ich Kinder. Sehr sogar. Aber ich wollte nie allein eine Familie aufziehen. Ich will alles, was zu einer Familie dazu gehört – ich will jeden Tag neben der Person aufwachen, die ich liebe. Ich will zusehen, wie die Frau, die ich liebe, mit unserem Baby immer runder wird. Ich will da sein, wenn sie Wehen hat. Ich will die ersten Schritte miterleben. Ich will gemeinsam alt werden und unseren Kindern beim Aufwachsen zusehen. Das ist es, was ich meinte, wenn ich Jeff gesagt habe, dass ich eine Familie möchte. Ich habe es nie so ausgedrückt, weil es keinen Grund dafür gab."

Ich spürte Tränen in meinen Augen und es regte sich ein Funken Hoffnung in meiner Brust. Wenn er eine Familie wollte, bedeutete das, er wollte…mich?

„Tori, ich…ich wünsche mir eine Familie – mit allem Drum und Dran – seit ich dich das erste Mal gesehen habe. Wirklich alles. Ich will mit dir streiten, ich will den Pizzaboten bestellen und mich mit dir aufs Sofa kuscheln. Ich möchte deine Füße massieren, wenn du schwanger bist. Ich möchte dich halten, wenn du nicht schwanger wirst. Ich will deine Karriere unterstützen. Ich will dir jeden Abend beim Ausziehen zusehen. Ich will zwischen deinen Schenkeln einschlafen. Ich will dir gehören. Und ich will, dass du mir gehörst."

Er sah mich an. Ich konnte nichts sagen; ich wusste nicht, welche Worte jetzt im Moment irgendeine Bedeutung hatten. Also sahen wir uns über meinen uralten Couchtisch an und liebkosten uns mit Blicken.

Nach ein paar Sekunden lehnte sich Wyatt in seinem Sitz vor und vertiefte seinen Blick. „Tori, ich will, dass du weißt, dass ich mich an deinem Geburtstag nicht an dich rangemacht habe, weil du gesagt hast, dass du dir ein Baby wünschst, sondern, weil ich dachte, es sei die einzige Chance für mich, an dich ranzukommen. Ich wollte dich vom ersten Tag an. Das Baby wäre ein Bonus, das Tüpfelchen auf dem i. Aber du bist die, die ich wirklich will. Mit dir will ich zusammen sein."

Er holte noch einmal tief Luft und zitterte, als er sich seine Haare aus dem Gesicht strich. Er rieb sich über seine Bartstoppeln und seine Augen. Man konnte sehen, dass meine mangelnde Reaktion ihn besorgte. Er wartete noch einen Moment und stand dann auf. Er sah noch panischer und unsicherer aus als bei Ankunft.

„So-soll ich gehen?", fragte er und es sah so aus, als ob sein Herz direkt vor meinen Augen brechen würde, wenn ich mit ja antwortete. Ich holte selbst tief Luft, stand auf und strich mir meine Locken aus dem Gesicht.

„Nein, Wyatt. Ich möchte, dass du bleibst. Und...", ich unterbrach mich, weil ich mich nicht noch verletzlicher machen wollte. Aber ich gab mir einen Ruck und fuhr fort: „Und ich will dich auch, Wyatt. Sehr sogar." Ich atmete auf und merkte, dass ich auf ihn zutrat. Er sah meine Bewegung und kam mir entgegen und zog mich in seine Arme. Mein Poncho traf auf seinen Anzug und ich spürte wie unsere beiden Persönlichkeiten, unsere beiden Welten in dieser Umarmung aufeinanderprallten. Es fühlte sich an wie nachhause kommen, dachte ich während wir unsere Umarmung genossen.

Wyatt lehnte sich zurück und sah mir in die Augen, von seiner Anspannung und Unsicherheit keine Spur mehr – stattdessen sah ich nur reine Freude. Seine strahlend blauen Augen stellten jeden Ozean in den Schatten und ich konnte meine Hoffnung nicht bestreiten, dass das Baby seine Augen haben würde. Ich wollte ihm gerade die Neuigkeiten mitteilen, als er mein Gesicht in seine rauen Hände nahm und meinen Mund eroberte, ehe ich nach Luft schnappen konnte. Egal, das hier war besser als Luft.

Wir fanden unseren Rhythmus wie ein Paar, dass schon ewig zusammen war und ich musste lächeln. Vielleicht waren wir dafür bestimmt. Wyatts Zunge in meinem Mund war heiß und er massierte meinen Nacken und Kopf mit seinen Händen und zerzauste dabei meine Haare. Meine Hände glitten von seinen Ohren zu seinen Wangen zu seinem Nacken, über seinen Bizeps und

Unterarm zu seiner Brust. Sein Kuss wurde immer sengender und ich konnte nur noch daran denken seine Haut zu spüren, um mich abzukühlen.

Als ich begann sein Hemd aufzuknöpfen, unterbrach er den Kuss und sah mich durch seine dicken, goldenen Wimpern an. „Bist du sicher? Wir müssen nicht. Ich...ich möchte dir beweisen, dass es nicht nur darum geht. Es geht um dich", schloss er und strich mir liebevoll über meinen Rücken und Arme. Ich lächelte verführerisch und konnte fühlen, wie mein Selbstbewusstsein, dass ich in Jeffs Büro zurückgelassen hatte, zurückkam.

„Nun, es gibt mehr als einen Weg mir zu zeigen, dass es um mich geht", kicherte ich während ich ihn durch meine Küche zog. Ich ging rückwärts und bewegte meine Hände an seinen

Hintern, seine alte Verwegenheit kehrte kurz zurück – die gleiche Verwegenheit, die uns vor ein paar im Club auf die Toilette geführt hatte. Gott, so viel hatte sich geändert! Ich überlegte kurz, was sich in den nächsten Monaten noch ändern würde, kehrte aber in die Gegenwart zurück, als ich einen ersten Blick auf Wyatts Körper warf.

Ein gemeißelter Körper und gebräunte Haut blitzte unter seinem Hemd hervor und ich wurde ungeduldig. Ich riss sein Hemd auf und die Knöpfe flogen in der Küche umher. Wyatt lachte ein kurzes, überraschtes Lachen und sah mich voller Bewunderung an.

„Sie haben gerade mein Lieblingshemd ruiniert, Ms Elliott", sagte er gedehnt, während er mich an sich heranzog. Er revanchierte sich damit, dass er mir den Poncho über den Kopf zog und sein Blick blieb an meinem kleinen Spitzen-BH hängen, den ich darunter trug. Ich konnte schwören, dass ich die Hitze seines Blickes auf meinem Oberkörper, meiner Brust, meinen Nippeln spüren konnte... bis zu meinem Bauchnabel und dem Bereich direkt über meinem Slip. Sein glühender Blick war etwas besonderes – blaues tanzendes Feuer.

„Oh, Ms. Elliott. So formal", scherzte ich und plötzlich spürte ich, wie es kälter wurde, er wurde ganz ernst. Scheiße, einfach die Stimmung töten, Tori! Wyatt schien ein paar Sekunden nachzudenken und man konnte sehen wie sehen, wie seine Augen seinen Gedanken folgte. Dann nickte er sich zu und schob mich von sich. Nein, nein, nein, nicht aufhören!

Ich starrte ihn verständnislos an und es wurde auch nicht besser als Wyatt vor mir auf die Knie sank. Er legte seinen Kopf an meinen Bauch und holte tief Luft, ehe er mich erneut durch seine langen, blonden Wimpern ansah.

„Tori, ich muss dich etwas fragen", flüsterte Wyatt und sah unsicher aus. Ich bekam eine Ahnung, was mich erwartete und legte meine Hände an seine Wangen. Wovon redest du, Wyatt? Er küsste meine beiden Handflächen und griff dann in seine Tasche, um eine kleine graue Schachtel herauszuziehen. Heilige Scheiße.

"Wyatt, was-" ich versuchte ihn zu stoppen, aber er unterbrach mich.

„Tori, dies ist das einzige, was ich aus meiner Vergangenheit habe und es ist nichts besonderes. Ich schwöre dir, ich besorge dir einen anderen Ring, wenn ich etwas mehr Zeit habe. Aber dieser Ring ist von meiner Mom und ich möchte, dass er ein Teil meines Lebens mit dir wird. Ich möchte, dass du ihn trägst und weißt, dass ich nichts so sehr möchte wie dich. Du bist es, was mich antreibt und mich anspornt ein besserer Mann zu werden." Seine Augen waren feucht und sein Blick herzerweichend, als er den Ring aus der Schachtel nahm.

Seine Hand zitterte, als er den schlichten goldenen Reifen über meinen linken Ringfinder schon und ich konnte vor Überraschung kein Wort sagen. „Tori, könntest du dir vorstellen meine Frau zu werden? Würdest du mich zum glücklichsten Mann auf der ganzen Welt machen? Würdest du mir die Ehre erweisen, dich Mrs. Preston nennen zu lassen?"

Ein Schluchzen entschlüpfte meiner Brust, als ich vor Wyatt auf die Knie sank. Die ganze Zeit hatte ich geglaubt, er wollte nur ein wenig Spaß haben, dass ich ihm nichts bedeutete. Ich hatte keine Ahnung wie er gefühlt hatte oder was er vom ersten Tag an gewollt hatte. All die Dinge, von denen ich keine Ahnung hatte, kamen langsam bei mir an und mir kamen die Tränen. Ich fiel Wyatt um den Hals und nickte an seiner Schulter, unfähig zu sprechen.

„J-j-ja", murmelte ich, als ich wieder einen Ton herausbekam. Ich schniefte, als ich in die Augen sah. Wyatt begann zu strahlen und ich wünschte, ich könnte es wieder und wieder sehen. Er strahlte reine Freude aus und sie umfing uns wie eine Blase. Unsere Brüste lagen aneinander und als wir wieder zu uns kamen erkannte ich, dass wir beide halbnackt bei mir im Flur waren.

„Wyatt, bring mich nach oben", sagte ich. Er lächelte gehorsam und küsste den goldenen Ring, der locker auf meinem Finger saß. Er half mir dabei, auf die Füße zu kommen, legte dann seine Hände an meinen Hintern und hob mich problemlos hoch. Ich schlang wieder einmal meine Beine um seine Taille und lehnte meinen nackten Busen an seine Brust. Unsere Münder fanden einander wieder und küssten sich leidenschaftlich ohne sich um Sachen wie atmen zu kümmern. Während unsere Körper begannen sich in einem erregenden, intimen Rhythmus zu bewegen, trug Wyatt mich Stufe für Stufe die Treppe nach oben ohne den

Kontakt zu meinen Lippen oder meiner Haut zu unterbrechen.

Als wir oben ankamen, schaffte Wyatt es, meine Schlafzimmertür mit einer Hand zu öffnen und ließ mich dann auf meine beige Steppdecke fallen, was unwahrscheinlich männlich und unglaublich sexy war. Er stand über mir, die Beule in seine Hose war Beweis genug und sagte ganz ruhig: „Zieh deine Hose aus, Tori."

Und das tat ich.

8

yatt

Kaum waren wir in ihrem Schlafzimmer, übernahm der Neandertaler in mir die Kontrolle. Diese Frau, diese intellektuelle, redegewandte, strahlende Frau hatte gerade „Ja" gesagt. Ja dazu, meine Frau zu werden, ja dazu, meinen Namen anzunehmen. Ja dazu, die meine zu werden. Ich war kurz davor

vor Freude zu platzen. Später, als wir erschöpft von unserem Liebesspiel auf ihrem Bett lagen erkannte ich, dass dies gerade der Anfang der Ewigkeit war.

Ich konnte mein Lächeln nicht unterdrücken, als ich auf Tori rollte, ihre braunen Locken in meinen Händen. Ich strich das Haar zur Seite, um in ihre mahagonifarbenen Augen zu sehen, die vor Energie – ihrer Energie – strahlten und ich beugte mich vor um ihre Nase, ihre Wangen, ihr Kinn zu küssen.

„Du machst mich so glücklich, Tori", sagte ich an in ihren Lippen. Unser Kuss war sanft und gesättigt von unserem Liebesspiel. Wir hielten einander in den Armen. Sie strich liebevoll über meinen Arm und hatte dabei die Augen geschlossen, völlig versunken in unserer Berührung. Ich sah zu ihren Brüsten, die beide warm an meinem Oberkörper lagen und bewunderte die Kurven. Ihre linke Hüfte schaute unter mir hervor und ich folgte ihr mit meiner Hand. Sie war einfach perfekt.

Als ich mit meinen Händen wieder durch ihr Haar strich, öffnete sie ihre braunen Augen und ich fragte mich, ob ein Baby, wenn wir denn eins bekommen würden, braune oder blaue Augen haben würde. Der Gedanke brachte mich zum Lächeln und ich lehnte mich zurück, bereit etwas zu essen und zu trinken.

„Hast du Hunger? Ich habe einen Bärenhunger. Wir könnten zu dem kleinen Laden unten an der Ecke..." Ich brach ab, als ich ihr Bad betrat, um mich zu erleichtern. Ich stand vor ihrem Klo und ging im Kopf verschiedene Restaurants durch, in denen wir essen könnten, dann wand ich mich zum Waschbecken, um meine Hände zu waschen.

„Wir könnten auch den neuen Thai-" ich unterbrach mich, als mein Blick auf das Waschbecken fiel. Was zur Hölle? Direkt neben dem Wasserhahn lagen Schwangerschaftstest; vier kleine blaue Pluszeichen in einer Reihe. Plus bedeutet...ich drehte mich um, um aus dem Bad zu stürmen, aber da stand Tori bereits vor der Tür und sah sowohl beängstig als auch hoffnungsvoll aus.

„Verdammt, Tori. Sind das...?" Ich konnte den Satz nicht beenden. Ich wusste es waren Schwangerschaftstests und ich wusste, dass sie Positiv waren. Ich starrte von den Tests zu Tori und wartete darauf, dass mein Gehirn endlich hinterherkam. Das traf mich die Erkenntnis. Deshalb war sie weggelaufen. Deshalb war sie so traurig, als Jeff gesagt hatte, dass ich nur Kinder wollte.

„Du hast es gewusst? Deshalb bist du weggelaufen? Du hast gedacht, ich will nur das Baby und...Und nicht dich?" Ich trat näher an Tori. Tränen füllten ihre wunderschönen Augen und ich hasste es, den Schmerz in ihnen zu sehen. „Tori, warum hast du es mir nicht gesagt? Wie lange weißt du es schon?"

Ihre Unterlippe zitterte, als die Tränen aus ihren Schokoladenaugen rollten und ich wischte sie sanft ab. Ich trat vor und nahm ihr Gesicht in meine Hände und streichelte ihre Wangen mit meinen Daumen.

„Baby, sag mir, was du denkst", bat ich, in der Hoffnung die wunderschönen Momente, die wir gerade geteilt hatten, nicht zu zerstören.

„Ich habe drei der Tests gestern gemacht. Ich bin sechs Tage drüber und das ist ungewöhnlich, also habe ich… ich diese Tests gemacht. Und dann habe ich heute Morgen meinen Termin bei der Samenbank abgesagt. Der hat sich ja jetzt erledigt", versuchte sie zu kichern, was aber nicht richtig gelang. „Dann hatte ich mein Gespräch mit Jeff. Und, nun ja, den Rest kennst du," stieß sie hervor und legte dann ihren Kopf geschlagen an meine Brust.

„Was ist mit dem vierten Test", fragte ich, ehe ich es verhindern konnte. Vier positive Tests. Volltreffer, sagte der Neandertaler.

„Oh, den habe ich gemacht, als ich nach Hause gekommen bin, um sicher zu stellen, dass sich nichts geändert hat", schmunzelte sie und sah mich durch ihre nassen Wimpern an. „Es hat sich nichts geändert. Ich...ich bin immer noch schwanger. Ich werde ein Baby bekommen. Dein Baby, Wyatt."

Der letzte Satz verschlug mir den Atem und ich hielt mich an der Wand fest. Für einen Moment sah Tori mich ängstlich an, ehe sich ein Lächeln auf meinen Lippen breit machte. Ihr Verhalten änderte sich auch schlagartig und sie grinste von einem Ohr zum anderen. Ich rannte sie fast um, als ich auf sie losstürmte, um sie zu umarmen. Ich nahm sie in meine Arme und küsste ihre Schläfen, Haare, Ohren, Nacken. Ich spürte, wie mir die Tränen über das Gesicht liefen und in ihr kastanienbraunes Haar tropfen, als sich die Unsicherheit und die Traumata meiner Vergangenheit in Luft auflösten.

Ich bewegte meinen Kopf zu Toris Ohr und flüsterte so sanft wie nur möglich: „Du bist meine Familie, Tori. Du bist mein Ein und Alles. Und jetzt machst du mich zu einem Dad. Danke, danke, danke. Ich will den Rest meines Lebens damit verbringen, dich so glücklich zu machen, wie du mich."

Sie sah mich an, ihr Blick voller Überraschung und Ehrfurcht. Ihre nächsten Worte machten mich endgültig fertig:

„Wyatt, Baby, dass hast du schon." Und ich konnte nicht verhindern, dass mein innerer Neandertaler anfing zu brüllen: Mein, mein, mein! Als sie meine große Hand auf ihren noch flachen, perfekten Bauch legte. Darin wuchs ein neues Leben heran, dass unsere Leben für immer verändern würde. Ich konnte meine Freunde kaum fassen. Ich nahm meine zukünftige Ehefrau in meine Arme, küsste sie so leidenschaftlich, wie ich konnte und führte sie rückwärts zum Bett.

„Nur weil du schwanger bist, bedeutet es nicht, dass wir mit dem Üben aufhören sollten. Es soll schließlich mehr als dieses eine Baby geben", sagte ich ihr als ich sie sanft auf dem Bett ablegte. Ich öffnete ihre Beine unter mir und streichelte ihre Haut an Oberschenkel, Bauch und Brust. Gerade als ich wieder in sie eindringen wollte, fragte ich: „Hast du Lust ein wenig mit mir zu üben?"

Tori kicherte herzhaft und sah mich mit strahlenden Augen an.

„Sicher", sagte sie und grinste noch breiter. „Warum nicht?"

EPILOG

Wyatt - 8 Monate später

WÄHREND ICH MIT einem weiteren Becher Eis für meine Frau zu dem sterilen weißen Krankhauszimmer zurückkehrte, dachte ich daran, wie viel sich in den letzten Stunden geändert hatte. Wir waren als Mann und Frau ins Krankenhaus gekommen und würden es als Familie verlassen. Der Gedanke traf mich direkt in meinem Herzen und ich fühlte etwas, von dem ich nie geglaubt hatte, es je zu fühlen. Ich fühlte mich - ganz.

Ich schlich mich durch dir Tür, um Tori oder das Baby...mein kleines Mädchen, nicht zu wecken. Mit Augen wie ihre Mama. Tori hielt Annabelle und sah sie so an, als ob sie noch nie etwas so Schönes gesehen hatte. Ich kannte das Gefühl; genauso hatte ich mich gefühlt, als ich meine Frau zum ersten Mal gesehen hatte. Der Ring an Toris Finger funkelte im Licht, als sie dem Baby sanft über die Haare strich.

Sie sah mich an, als ich näherkam und eine Sache wurde mir glasklar, egal wie sehr ich es auch versuchte, ich würde ihr nie so viel geben können, wie sie mir. Aber solange es für sie genug war, dass ich es versuchte, würde ich es jeden Tag für den Rest meines Lebens probieren.

Ich ließ mich in dem unbequemen Kunstledersessel neben dem Bett nieder und wusste, dass ich auch auf einem Holzstapel glücklich sein würde. Tori bewegte sich, so dass ich das Baby nehmen konnte und ich stand auf, damit sie sich nicht so viel bewegen musste. Die Geburt war nicht einfach gewesen, aber mein Gott, meine Frau hat es wie ein Champion gemeistert. Als Annabelle in meinem Arm lag, lehnte ich mich wieder in dem Sessel zurück und betrachtete mein kleines Mädchen. Ich hob meinen Blick und sah wie Tori uns voller Liebe betrachtete.

Ich blinzelte die Tränen weg und

flüsterte: „Danke." Sie nickte mir zu, griff nach meiner Hand und wir so saßen wir als Familie in dem Krankenhauszimmer und genossen die Liebe, die wir geschaffen hatten und miteinander teilen.

EPILOG

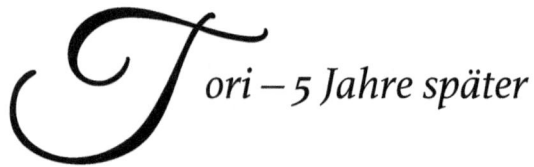
Tori – 5 Jahre später

MAN KÖNNTE DENKEN, dass es nach vier Schwangerschaften einfacher wird mit einer Bowlingkugel unter den Klamotten. Ich konnte meine Füße nicht sehen, aber ich wusste, dass sie geschwollen waren und es fühlte sich an, als wollte jemand meine Wirbelsäule davon überzeugen, für immer gebogen zu bleiben.

Annabelle spielte im Wohnzimmer, ein schlankes 5 Jahre altes Mädchen mit den gleichen Haaren wie ihr Vater – golden, fein und einfach beneidenswert. Wyatt spielte auf dem Fußboden mit Jack unserem dreijährigen Jungen, dessen Haare dunkler waren als meine, und Natalie unserem 18 Monate alten Mädchen, das die Augen ihres Vater hatte, aber ansonsten nach mir kam.

Das Chaos vom Frühstück war beseitigt, das Geschrei hatte weitestgehend aufgehört und ich genoss den Moment während ich die achte Ladung Wäsche zusammenlegte. Wyatt tat so als würde er Jack umschubsen, der sich vor Lachen wegschmiss und dann versuchte seinem Vater auf den Rücken zu klettern. Natalie sah zu und krabbelte dann zu ihrem Haufen Stofftiere, um sich ihr Lieblingstier zu nehmen.

Auf wenn er so tat, als wäre er Jacks Pferd, war Wyatt doch sehr sanft. Er war auch sehr geduldig und dankbar für jeden Moment, den er mit den Kindern verbringen konnte. Eine Ehe war nicht einfach und eine Ehe mit drei (fast vier) Kindern war kein bisschen leichter. Aber mit Wyatt fühlte es sich richtig an. Als könnte er meine Gedanken spüren, sah Wyatt mich mit seinen ozeanblauen Augen an.

Er erklärte Jack, dass das Pferd eine Pause brauchte und krabbelte näher zu mir im hinteren Teil des Wohnzimmers. Sein Haar war zerzaust und er trug noch seine Jogginghose, aber ich konnte erkennen, dass er an mich dachte. Da war bereits eine kleine Beule, als er auf mich zutrat und ich konnte mir das Lächeln nicht verkneifen.

Wyatt legte seine Arme um meine Beine und zwang mich, den Wäscheberg Wäscheberg sein zu lassen. Ich beugte mich vor und legte meine Arme um ihn, atmete seinen Geruch ein, als ich mein Gesicht in seinem Nacken vergrub.

Annabelle schnaubte, als sie uns sah und sammelte ihre Malsachen und verzog sich in die Küche. Wyatt schmunzelte, sah ihr aber nicht hinterher. Er küsste sich von meinem Hals bis zu meiner Babykugel und drückte einen dicken Kuss auf den Fuß von unserem Jungen, den er unter meinem Shirt ausfindig gemacht hatte. Ich konnte fühlen, wie das Baby zurückdrückte und seinen Vater begrüßte.

Wyatt richtete seine Küsse wieder

an mich und arbeitete sich zu meinem Nacken, Ohren und Wange vor. Endlich erreichte er meinen Mund und gab mir einen Vorgeschmack auf heute Abend.

„Du bist wunderschön, weißt du das?", flüsterte er in mein Ohr, während seine großen, männlichen Hände meinen Bauch liebkosten.

„Du versuchst doch nur, mich ins Bett zu kriegen", flüsterte ich zurück und er lächelte schelmisch. Er ließ sich wieder auf alle viere hinab, krabbelte zurück zu unseren beiden Jüngsten und nahm das Spiel wieder auf. Aber es entging mir nicht, dass sein Blick immer wieder auf mich fiel.

Wyatt zwinkerte mir zu und formte „Ich liebe dich" über Jacks hinweg.

Ich lächelte in meinen Wäschekorb, nickte und sah wieder zu ihm auf.

„Ich liebe dich auch, Wyatt", formte

ich zurück und wir strahlten einander an.

Vielleicht waren vier Babys doch noch nicht das Ende, dachte ich und faltete weiter Wäsche zusammen.

———

Haben Sie dieses Buch vermisst? Entfesselt :

Mr. Vance
Mein Blick glitt über sie. Die vorübergehende Barkeeperin, die in mein Büro gebracht worden war, weil sie den Jungfrauen-Auktionsraum gesehen hatte. Ich betrachtete ihre köstlichen Kurven und wusste, dass ich sie haben musste. Nach heute Nacht würde ich sie allerdings nie wiedersehen. Ich bekomme jedoch

immer, was ich will. Ich bin der Besitzer des Club V und ich werde ihre Lust entfesseln, wie sie es noch nie erlebt hat. Ich kann es kaum erwarten, jede Kurve ihres jungfräulichen Körpers zu berühren und zu lecken.

Samara

Ich hielt den Auktionsraum im Club V nur für ein Gerücht. Bis ich den falschen Raum betrat. Ich hatte Angst, dass ich gefeuert werden würde. Doch als der Sicherheitsdienst mich zu Mr. Vance brachte, durchfuhr mich Erregung wie ein Blitz. Er war umwerfend, arrogant, geradezu großspurig und ich konnte den Blick nicht von der äußerst nackten Frau abwenden, die ein Diamanthalsband trug und neben ihm stand. Dem Ausdruck von Lust und Sex in ihrem

Gesicht, während er sie berührte, und der Art, wie er mich beobachtete, herausfordernd. Aber nach dieser Nacht würde ich ihn nie wiedersehen. Das heißt, bis das Schicksal alles veränderte... Himmel hilf!

Wenn du auf arrogante Männer, Jungfrauen und Angst stehst, dann lies weiter...

Versuchen Sie Entfesselt jetzt!

BÜCHER VON JESSA JAMES

Mächtige Milliardäre

Eine Jungfrau für den Milliardär

Ihr Rockstar Milliardär

Ihr geheimer Milliardär

Ein Deal mit dem Milliardär

Mächtige Milliardäre Bücherset

Der Jungfrauenpakt

Der Lehrer und die Jungfrau

Seine jungfräuliche Nanny

Seine verruchte Jungfrau

CLUB V

Entfesselt

Entjungfert

Entdeckt

Zusätzliche Bücher

Fleh' mich an

Die falsche Verlobte

Wie man einen Cowboy liebt

Wie man einen Cowboy hält

Gelegen kommen

Küss mich noch mal

Liebe mich nicht

Hasse mich nicht

Höllisch Heiß

Dr. Umwerfend

Sehnsucht nach dir

Slalom ins Glück

Neues Glück

Rock Star

Die Baby Mission

Die Verlobte seines Bruders

ALSO BY JESSA JAMES (ENGLISH)

Bad Boy Billionaires

A Virgin for the Billionaire

Her Rockstar Billionaire

Her Secret Billionaire

A Bargain with the Billionaire

Billionaire Box Set 1-4

The Virgin Pact

The Teacher and the Virgin

His Virgin Nanny

His Dirty Virgin

The Virgin Pact Boxed Set

Club V

Unravel

Undone

Uncover

Club V - The Complete Boxed Set

Cowboy Romance

How To Love A Cowboy

How To Hold A Cowboy

Treasure: The Series

Capture

Control

Bad Behavior

Bad Reputation

Bad Behavior/Bad Reputation Duet

Beg Me

Valentine Ever After

Covet/Crave

Kiss Me Again

Contemporary Heat Boxed Set 1

Handy

Dr. Hottie

Hot as Hell

Contemporary Heat Boxed Set 2

Pretend I'm Yours

Rock Star

The Baby Mission

ÜBER DIE AUTORIN

Jessa James ist an der Ostküste aufgewachsen, leidet aber an Fernweh. Sie hat in sechs verschiedenen Staaten gelebt, viele verschiedene Jobs gehabt und kommt immer wieder zurück zu ihrer ersten großen Liebe – dem Schreiben. Jessa arbeitet als Schriftstellerin in Vollzeit, isst zu viel dunkle Schokolade, ist süchtig nach Eiskaffee und Cheetos und bekommt nie genug von sexy Alphamännchen, die genau wissen, was sie wollen – und keine Angst haben, dies auch zu sagen. Insta-luvs mit dominanten, Alphamännern liest (und schreibt) sie am liebsten.

HIER für den Newsletter von Jessa anmelden:
http://bit.ly/JessaJames

www.ingramcontent.com/pod-product-compliance
Lightning Source LLC
LaVergne TN
LVHW012102070526
838200LV00074BA/4027